CENDRILLON
EST EN PRISON

DU MÊME AUTEUR

La Dernière Campagne, Grasset, 2012.
J'irai danser à Orlando, Grasset, 2017.
Trumpitudes et turpitudes, Grasset, 2018.
Roy Cohn, l'avocat du diable, Grasset, 2020.

PHILIPPE CORBÉ

CENDRILLON EST EN PRISON

roman

BERNARD GRASSET
PARIS

Page 116 : « *Cher matin* » (« *Tomorrow* »). Composée par Charles Strouse ; paroles de Martin Charnin pour la comédie musicale *Annie* à Broadway en 1977 ; adaptée au cinéma en 1982 par Columbia Pictures, film réalisé par John Huston.

Page 119 : « *Tendre rêve* » (« *A Dream Is a Wish Your Heart Makes* »). Écrite et composée par Mack David, Al Hoffman, Jerry Livingston pour le film *Cendrillon* réalisé par Clyde Geronimi, Wilfred Jackson et Hamilton Luske pour Walt Disney Pictures en 1950.

Pages 146 et 157 : « *Partir là-bas* » (« *Part of Your World* »). Composée par Alan Menken ; paroles originales d'Howard Ashman ; extraite du film *La Petite Sirène*, réalisé par John Musker et Ron Clements pour Walt Disney Pictures en 1989.

Les traductions sont celles des versions françaises des films.

ISBN 978-2-246-83840-1

Lorsqu'elle se réveilla au milieu de la nuit, dérangée par les grincements habituels au fond du couloir, les pieds refroidis par le frimas des Rocheuses, Cindy se souvint que c'était la date de l'anniversaire de sa mère. Une journée par an, elle prenait soin d'Angela, qui la laissait tremper des marshmallows dans un grand bol de chocolat chaud avec des anses en forme d'oreilles de Mickey, recouvrir de sirop d'érable d'épaisses crêpes au babeurre sur lesquelles elle plantait des bougies colorées et chanter *Happy Birthday* sous les guirlandes de crépon lilas. Sa mère pleurait dès les premières notes et racontait la même histoire. Sa naissance avait été le plus beau jour de sa vie. Rien ne surpasserait le bonheur qu'elle avait ressenti. Elle eût tant aimé qu'elle restât pour l'éternité ce nouveau-né dans ses bras d'adolescente. Pour la première fois, Cindy se demanda si elle regrettait la mort de sa mère.

Elle glissa dans un sac-poubelle quelques affaires encore éparpillées dans sa cellule, dont elle avait passé commande auprès de son avocat : une large brosse à cheveux, du ruban blanc pour les nouer, une trousse de maquillage des pharmacies Walgreens et une boîte à couture grâce à laquelle elle avait confectionné à l'atelier de la prison des robes pour son procès, bleu marine ou crème, toujours avec un col claudine qui avait fait l'objet d'une chronique dans les pages Style du *New York Times* : « *An innocent girl, or looking like one ?* »

À dix heures, dans le fuseau dépeuplé que nous appelons l'Heure de la Montagne, les douze jurés rendraient leur décision. Après plusieurs semaines à huis clos, à l'abri des commentaires et spéculations de tout le pays, il leur avait fallu six journées et six nuits de délibérations pour se mettre d'accord. Il était plus de minuit sur la côte Est lorsqu'ils parvinrent à un verdict. Le juge décida d'attendre le matin pour qu'il soit annoncé. Il anticipait que la nation éclatée regarderait dans la même direction, celle du tribunal d'Albuquerque au Nouveau-Mexique. Des bars aux longs comptoirs de bois gravé ouvrirent dès le matin pour diffuser l'audience sur les écrans dévolus aux retransmissions sportives. De grandes entreprises envoyèrent un courriel interne autorisant les employés à prendre une brève pause pour suivre l'annonce de la sentence. Delta Air Lines offrit la connexion wifi gratuite en vol pendant six heures pour tarir le flot des annulations. La porte-parole de la Maison Blanche confirma que le président allait suivre la décision et qu'il faisait confiance au peuple américain pour apporter la vérité et la justice après cette tragédie qui avait bouleversé le pays. Chacun s'était fait son avis. Il n'y aurait pas de demi-mesure. Nul n'ignorait l'enjeu pour Cindy : l'acquittement ou la perpétuité.

Son monologue de contrition sanglotante avait rassemblé la plus forte audience de l'année après le Super Bowl. Les trois secondes de l'évanouissement dramatique étaient devenues un mème sur TikTok. Chaque détail du procès avait été déchiqueté, mâché, puis craché à la une des magazines à sensation sur mauvais papier. Les journaux sérieux comme le *Los Angeles Times* ou le *Washington Post* camouflaient leur curiosité derrière des angles sociétaux qui figuraient dans le classement des articles les plus cliqués. Les alertes envoyées sur les téléphones avaient interrompu des réunions, des foulées sur tapis roulants et des nuées d'aérogares, d'Anchorage à

Key West. Les New-Yorkais d'ordinaire si pressés de fuir le carrefour de Times Square où les touristes pullulent y traînaient pour regarder, têtes levées vers un immense écran à soixante pieds du sol, la retransmission du procès d'une jeune femme pâle aux cheveux blond cendré, attachés comme ceux d'une première communiante.

Les journalistes vedettes de ABC, NBC et CBS s'étaient déchirés pour décrocher le premier entretien télévisé de Cindy. Les trois chaînes avaient produit des documentaires au montage trépidant qui multipliaient les abonnements à leurs plateformes numériques. Celui de Netflix avait été le plus regardé dans vingt-sept pays. D'autres récits du crime bricolés par les chaînes du câble étaient multidiffusés *ad nauseam*. L'analyse des données révélait que les femmes entre dix-huit et quarante-neuf ans, cibles prioritaires des annonceurs, se passionnaient pour les rebondissements de ce feuilleton. Leurs reconstitutions étaient mises en scène sans beaucoup de moyens et ces productions plus médiocres se contentaient des images surexploitées depuis son arrestation : des photos Facebook postées par Angela aux vidéo-surveillances de la cavale de Cindy au Texas et de son interrogatoire à Los Angeles. Le moment où elle avait éclaté en sanglots devant les enquêteurs – elle venait d'apprendre que sa mère avait été tuée dans son lit de cent vingt-huit coups de broche – tournait sans cesse sur TikTok.

J'avais appelé mon récit audio en huit épisodes *Truth or Consequences*. Il s'envola en quelques jours dans le classement Apple Podcasts du plus grand nombre de téléchargements. Spotify le mit en vitrine de sa section Histoires criminelles. Les algorithmes le poussaient dans les recommandations grâce aux étoiles et aux commentaires laudateurs des auditeurs. Je n'y étais pas pour grand-chose. Mon seul mérite fut de décrocher le témoignage inédit de Cindy. Plusieurs dizaines d'heures d'entretiens depuis sa prison. J'essayais de garder une certaine distance, mais elle m'attendrit plus que je n'osais l'avouer, en me disant un jour, alors que j'allais quitter le parloir, que j'étais le premier ami sur lequel elle pouvait compter. Elle n'en avait eu aucun jusque-là. Les journalistes peu inspirés des grandes rédactions dirent qu'elle était « sortie de son silence » et qu'elle avait choisi de se « confier » à un jeune podcasteur amateur. *Time Magazine* écrivit que pour la première fois, un feuilleton audio pourrait faire basculer un procès. Mon enquête avait chamboulé la perception de cette histoire. Je n'avais pas beaucoup de mérite. Je n'avais été que le récipiendaire involontaire d'une stratégie de défense efficace.

Maître Esteban Benitez surveillait sur Google Trends à chaque interruption d'audience la viralité des nombreux articles sur sa cliente. Son choix de défendre Cindy *pro bono* dix-huit mois plus tôt allait être payé au centuple. Les nouveaux clients affluaient de plusieurs États. Son livre *Comment se battre et gagner (que vous soyez coupable ou pas)* figurait depuis le début du procès dans la liste des meilleures ventes établie par le *New York Times*. Maître Benitez avait négocié avec Searchlight Pictures, une filiale de la Walt Disney Company, qui avait remporté à trois reprises en une décennie l'Oscar du meilleur film. Ils avaient acquis les droits d'une adaptation cinématographique de mon podcast. J'avais accepté sans discuter les deux cent cinquante mille dollars proposés par le studio. Benitez avait obtenu deux millions pour Cindy, plus des droits résiduels calculés sur les résultats du film en salles et sur Disney+. Lui toucherait une commission qui lui permettrait de s'offrir une Porsche Carrera. Il avait prévu d'ouvrir un nouveau cabinet à Los Angeles et d'emménager dans une villa de Pacific Palisades. Le contrat stipulait qu'elle serait consultante pour le scénario sur sa propre histoire. Sans attendre le verdict, une équipe d'auteurs travaillait dans une salle d'écriture des anciens studios Fox dans le quartier de Century City.

Je devais tout à Benitez. Il avait suggéré à Cindy de me parler, encouragé par son épouse qui n'avait manqué aucun des épisodes de mon feuilleton criminel précédent. Elle avait convaincu son mari que sa cliente devait raconter elle-même son histoire, pas celle que répétaient les journalistes. À elle de rétablir sa vérité. Son histoire, sa vérité.

La vérité, ça n'existe pas, soupira Cindy lors de notre première conversation à distance, au téléphone depuis sa prison.

Ma vérité, c'est un conte. Il y a ce qui s'est passé, et il y a ce qui est raconté.

Angela avait horreur du sang, des films d'épouvante et de la viande pas assez cuite, mais savourait les détails les plus pulpeux des histoires de meurtres. À la caisse du supermarché, elle feuilletait les pages Crime des magazines de célébrités qui bâtonnaient les faits divers du *New York Post* et des autres quotidiens régionaux. L'organiste de l'église massacre la maîtresse de son mari avec un couteau de cuisine ! Deux pères tirent sur leurs filles après un accrochage routier ! Un ancien Marine tue son ex-femme et l'enterre dans le jardin ! Un couple du Minnesota et ses chiens retrouvés morts dans un pacte suicidaire ! Étranglée par son mari qu'elle allait quitter pour son amant dix ans plus jeune ! La coiffeuse empoisonne la maîtresse de son époux chauve et lui tond les cheveux ! Elle se méfiait des histoires sans points d'exclamation.

Quand j'appris qu'Angela enregistrait chaque vendredi soir les reconstitutions de meurtres dans l'émission *Dateline*, je décidai d'utiliser dans mon montage un extrait de l'épisode sur son assassinat. Il avait été le plus regardé de la saison. La voix chaude du présentateur du journal télévisé de NBC commençait ainsi :

Truth or Consequences, une petite ville dans le désert du Nouveau-Mexique... Point d'étape pour les chauffeurs routiers... Sur l'autoroute entre le Colorado et le Texas... À quelques miles des anciennes mines... Sunset Desert... Ce parc fermé abrite les plus aisés de cette ville modeste... Les villas sont éparpillées autour d'un golf... Des pelouses vertes dans un paysage ocre et vide... Les gardiens repèrent quelque chose... Autour de la maison d'Angela Groff... Une mère qui consacre toute son énergie à sa fille Cindy lourdement handicapée... Des bruits inhabituels... Avant d'appeler la police... Ils sonnent et appellent plusieurs fois... Sans réponse... Ils entendent un ronronnement mécanique... Un filet d'eau continu... Et un air de musique en boucle... Que s'est-il passé... Les caméras de surveillance ne laissent aucun doute... La Chevrolet Express aménagée pour un fauteuil roulant... A passé les grilles la nuit dernière... Un départ avant l'aube... Toutes lumières éteintes... Avec un homme au volant...

Le ton de la voix restait en l'air au milieu des phrases, en suspens, comme l'apprenaient les jeunes journalistes pour garder l'attention du téléspectateur.

Le monteur avait ajouté une musique angoissante aux images des caméras accrochées aux uniformes des policiers sur le perron. Ils frappèrent, sans réponse. Le gardien de la copropriété ouvrit pour eux la double porte en bois blanc, au centre de la façade peinte en rose. La climatisation était éteinte. Madame Groff, c'est la police du comté ! Madame Groff, êtes-vous là ? Angela ? Cindy ? Est-ce que vous nous entendez ? Madame Groff ?

Le grand fauteuil dépliable trônait au milieu du salon. Ses rebords massifs étaient percés de deux trous pour des larges boissons, reliés à une télécommande pour lancer un massage automatique du dos. Angela l'avait acheté en quatre fois sans frais sur la chaîne de téléachat. Elle pouvait y glisser les verres Double Big Gulp en polystyrène blanc qu'elle ramenait de la station-service remplis de soda Mountain Dew, l'équivalent de cinq cannettes et demie.

Au mur, dans un cadre aux fioritures pailletées, un grand portrait de Cindy peint à l'huile. Une organisation caritative finançait ces tableaux aux familles d'enfants auxquels les médecins ne donnaient plus longtemps à vivre. Elle avait posé avec une longue perruque bouclée commandée sur Amazon et une robe de satin bleue sur laquelle Angela avait collé de faux diamants en plastique scintillant achetés au rayon mercerie du Walmart.

Les enquêteurs vérifièrent la cuisine et le cellier. Ils débranchèrent l'enceinte Alexa qui passait en continu une chanson extraite du *Magicien d'Oz*. Les autres bruits entendus par les gardiens venaient du jacuzzi dans la salle de bains du bas, près d'une chambre d'enfant. Sur la porte, des lettres multicolores accrochées par des morceaux d'adhésif roulés formaient quelques mots : *Le Royaume Merveilleux de Cendrillon*. D'innombrables peluches et poupées étaient entassées près de la fenêtre décorée d'un rideau doré, des robes de princesse de toutes les couleurs accrochées à un portant brinquebalant. Le lit à baldaquin recouvert de velours mauve était resté défait.

Dans le couloir, des posters déjà troués de vedettes Disney Channel des trois dernières décennies avaient été punaisés, Britney Spears, Christina Aguilera, Ryan Gosling, Justin Timberlake, Miley Cyrus, Demi Lovato, Selena Gomez, Zendaya, deux générations d'idoles pour la mère et la fille. Cindy me raconta plus tard qu'elle avait tenté de reconstituer au colorant industriel sur l'une de ses perruques blondes le rouge incandescent des cheveux du personnage d'Ariana Grande sur la chaîne. Ils étaient ressortis orange. Angela avait écrit aux studios Disney en racontant l'histoire qui fonctionnait à chaque fois : j'ai une petite fille malade, rien ne ferait plus plaisir à cette enfant que de pouvoir masquer son crâne chauve avec la chevelure rouge de son idole. Elles reçurent quelques semaines plus tard un colis DHL avec un portrait signé Ariana et une perruque utilisée sur un tournage. La mère l'ajouta aux autres postiches sur des bustes sans visage conservés dans une armoire bleu et or verrouillée. Quand sa fille n'était pas sage, elle la punissait en cachant la large clef dans un tiroir de sa chambre à l'étage où elle ne pouvait accéder en fauteuil.

Des flashs lumineux ajoutés par les monteurs de *Dateline* soulignèrent deux détails inquiétants signalés aux policiers par les gardiens du parc. Sur la table de nuit, près de la boîte à musique, des lunettes aux verres épais avaient été oubliées. Elle devait être presque aveugle sans elles. Son fauteuil télécommandé, son seul moyen de se déplacer sans être portée, était resté dans un coin près du rideau. Tout le monde à Truth or Consequences savait qu'il avait été conçu sur mesure grâce à une collecte de fonds relayée par les chaînes locales.

Le journaliste distillait ces éléments dramatiques, accentués par la musique qui crissait à mesure que les enquêteurs montaient les escaliers. Ils ouvrirent les fenêtres du couloir pour faire entrer de l'air frais, poussèrent la porte de la chambre de la mère, et l'image s'arrêta dans un éclat de lumière ajouté au montage sur une note aiguë.

Dateline reconstitua en studio la scène détaillée par le rapport d'enquête. Le corps obèse étalé sur le lit. La chemise de nuit mimosa recouverte de dizaines de taches de sang séché. Un respirateur pour apnée du sommeil allumé près du matelas. Une broche à trois dents qui manquait près du barbecue. Les rédacteurs en chef de l'émission avaient fait ajouter en bande-son ce qu'ils ne pouvaient qu'imaginer : les appels à l'aide étouffés, les cris d'horreur puis les râles presque inaudibles, et enfin les seuls bruits des coups dans la peau flasque.

Après un fondu au noir et une bande musicale plus discrète, l'émission laissa entrevoir des photos prises à la morgue par les légistes. Des parties du corps découpées par l'objectif comme des morceaux de viande par le boucher. L'épaule droite, trois coups de broche, la gauche, deux, l'abdomen, dix-sept coups, la jambe droite, sept, la gauche, neuf. Le téléspectateur ne verrait pas les clichés qui furent ensuite montrés au procès, le vagin mutilé, la poitrine et la gorge transpercées. Trois cent quatre-vingt-quatre traces pour cent vingt-huit coups de trident. Le légiste détermina en examinant les blessures qu'un seul suffit à l'achever en perforant le cœur. L'assassin avait continué à s'acharner sur un cadavre.

La penderie à l'étage était remplie de centaines de flacons et de plaquettes de médicaments avec des étiquettes imprimées au nom de Cindy Groff. Des gélules de toutes les couleurs, opiacés, antidouleur, antidépresseurs, anti-inflammatoires, anticoagulants, et des sédatifs pour animaux. Sur le mur au-dessus du lit, un message avait été graffé avec une bombe rouge retrouvée dans le lavabo près du jacuzzi : *The Witch Is Dead*, la sorcière est morte, la chanson du *Magicien d'Oz* que jouait l'enceinte Alexa. Je la glissai en fond sonore pour conclure la séquence dans mon premier épisode.

Il était une fois une méchante sorcière dans le beau pays d'Oz.

Et une sorcière plus méchante, plus méchante, plus méchante, il n'y en a jamais eu.

Ding dong la sorcière est morte.

Comment cette femme admirée de tous pour son dévouement pouvait-elle être comparée à une méchante sorcière ? demanda le journaliste de *Dateline* avec un ton de faux suspense. Et qu'est devenue sa fille malade ? Elle est introuvable !

Tout le monde en Amérique savait ce qu'il était arrivé. Il y eut suffisamment de unes de journaux, de bandeaux *Breaking News* et d'éditions spéciales. On en avait parlé à la machine à café, à la sortie des églises, aux barbecues entre voisins et dans les conversations de vestiaires.

En quelques heures, la première brève sur le compte Facebook du *Sierra County Sentinel* était devenue un titre des matinales des télévisions nationales. « Meurtre sordide, disparition inquiétante », déroula le bandeau d'une chaîne qui diffusait en habillage des images en direct de la grille de Sunset Desert, dans la nuit à deux fuseaux horaires de là, en alternance avec des photos de la maison rose entourée d'un ruban jaune de la police. « La mère courage assassinée, sa petite princesse enlevée », lut sur le téléprompteur la présentatrice d'une autre chaîne avec un ton de désolation. Elle sortit des archives un reportage tourné avec les Groff à Disneyland dans le comté d'Orange en Californie. Cindy avait pu défiler en Cendrillon sur un char spectaculaire de la parade, coiffée d'une perruque blonde et d'une robe bleue scintillante si volumineuse qu'elle recouvrait son fauteuil. Après la diffusion de longs extraits ressortis des banques d'archives, la journaliste avait pris une demi-seconde stratégique avant de remonter lentement son brushing, ses faux cils et son regard vers la caméra. L'émotion feinte serra le cœur des mères de famille devant leurs postes.

Cette séquence avait fait bondir l'audience. Le producteur éditorial envoya sa présentatrice vedette et des équipes à Albuquerque. Les autres chaînes firent de même.

En quelques heures, je vis débarquer des dizaines de journalistes, producteurs et techniciens à Truth or Consequences. J'étais arrivé la veille avec quelques heures d'avance. Je vivais à Santa Fe, un peu plus au nord du Nouveau-Mexique. J'étais revenu chez ma mère, dans un appartement au rez-de-chaussée. Je dormais depuis trois mois sur un matelas gonflable au bord de la fenêtre ouverte, faute d'air conditionné, protégée par une moustiquaire en aluminium qui empêchait les scorpions et les veuves noires de pénétrer. Au-dessus de la télévision sur laquelle elle ne regardait que les chaînes hispanophones Telemundo et Univision, elle avait accroché le portrait en toge sombre de ma cérémonie de remise de diplôme au lycée St. Michael.

Après six semestres de cours d'écriture créative à l'Université du Nouveau-Mexique, je n'avais décroché les deux années précédentes que des piges occasionnelles mal rémunérées pour un site piège-à-clics à Brooklyn. Une table de ping-pong avait été montée dans la rédaction près du comptoir d'un barista payé mieux que moi pour dessiner des formes avec la mousse des cafés latte. Le succès d'estime de mon récit audio *Fire Island Queen and Crime*, réalisé sur mon temps libre avec mon iPhone et le logiciel de montage de mon MacBook Air, n'avait pas suffi à rembourser l'argent dépensé pour le tournage sur cette île qui s'étirait au large de Long Island, une étroite bande de terre où les chevreuils gambadaient sur la plage interminable menacée par la montée des eaux. Une seule nuit dans une chambre au-dessus des poubelles d'un motel m'avait coûté plus cher qu'un mois de courses. Incapable de rembourser les arriérés de ma carte de crédit, j'avais dû rendre mon studio dans le Queens, et prendre un vol à prix cassé sur Spirit Airlines, la pire des compagnies aériennes, pour rentrer penaud chez ma mère. Elle travaillait dans un salon de manucure d'une galerie commerciale et avait aperçu une affichette sur la vitrine du magasin de donuts qui cherchait à embaucher. Je me levais chaque matin à quatre heures pour servir des beignets au sucre glace et des cafés dans des gobelets en polystyrène, puis j'enchaînais par un deuxième poste l'après-midi à la caisse du supermarché équitable de l'autre côté du parking. Je devais sourire et engager la conversation tout en remplissant les larges sacs kraft biodégradables. J'étais mieux payé là que comme journaliste à New York. Je remboursais mes dettes et j'avais pu racheter, au nom de ma mère, une camionnette Chevrolet Silverado 2009 légèrement cabossée avec une large caisse qui deviendrait une blague récurrente pour Maître Benitez. Il raconterait qu'il m'avait fait confiance parce que j'étais le seul reporter au volant d'un pick-up de garçon de ferme. Dès que je découvris lors de ma pause déjeuner sur l'écran de la chaîne locale KLUZ l'histoire de Cindy, je glissai quelques affaires dans un sac, cinq chemises Old Navy blanches achetées en déstockage, mon vieux MacBook Air recouvert d'autocollants colorés pour diverses causes achetés à la librairie Strand près d'Union Square, et je pris la direction de Truth or Consequences à deux heures de route. Ma mère s'agaça que je démissionne alors que j'étais en train de me remettre à flot, mais elle ne put me reprocher de m'intéresser à cette histoire. C'est elle qui m'avait parlé de Cindy et Angela Groff pour la première fois.

Le soleil de début d'automne était impitoyable à Truth or Consequences. L'air sec tombait sur la longue rue poussiéreuse qu'empruntaient quelques curieux. Ils s'arrêtaient brièvement, intrigués par le nom de la ville sur les panneaux verts de l'autoroute Denver-El Paso qui s'enfonçait dans le désert du Chihuahua. Les grues du Canada faisaient étape dans cette oasis où bouillonnaient d'abondantes sources d'eau chaude sous la terre craquelée. Les tribus nomades s'y étaient reposées pendant des siècles. Des chercheurs d'or s'y installèrent et appelèrent le village Hot Springs, avant que leurs descendants ne s'inspirent en 1950 de *Truth or Consequences*, le nom d'une émission de radio de NBC. L'animateur avait lancé comme un défi l'idée que le jeu était si populaire à travers le pays qu'une ville oserait se débaptiser en son honneur pour accueillir le dixième anniversaire de l'émission. La simplicité des règles avait assuré son succès. À chaque question, les candidats avaient le choix entre dire la vérité ou bien en subir les conséquences. Presque tous préféraient se soumettre à des acrobaties humiliantes. Ne sommes-nous pas des démons ?, s'amusait l'animateur.

C'est donc cela le désert, se dit Angela qui ne regrettait pas la moiteur de la Floride qu'elle venait de fuir. Dans un État si dépeuplé, une si petite ville, si loin de tout, nul ne viendrait les embêter. Le hasard de l'algorithme Facebook lui avait fait apparaître une annonce de l'Église baptiste du Nouveau Testament, près d'un drive-in de Truth or Consequences. Après l'étude biblique du dimanche, des fidèles s'arrêtaient manger des hot-dogs d'un pied de long recouverts de chili et de cheddar râpé, sans descendre de leur voiture. Des bornes étaient disposées sur chaque place de stationnement et des employés venaient apporter les commandes jusqu'aux véhicules. L'annonce de la paroisse proposait une caravane avec une rampe d'accès pour fauteuil roulant. Une vieille dame venait d'y décéder et avait légué le peu qui lui restait à son église. Mme McCallum y avait vécu près de vingt ans. La mort accidentelle de son mari, happé par une faucheuse Massey Ferguson, avait mis fin à leurs pérégrinations à travers le Sud, au gré des emplois saisonniers et des récoltes. Elle était restée à Truth or Consequences, travaillait la nuit au *diner* où elle remplissait les tasses de café des routiers qui s'étaient arrêtés pour avaler des œufs au plat-galettes de pommes de terre ou des cuisses de poulet sauce buffalo. Quand elle avait terminé son service, à huit heures, elle allait ouvrir la petite église, passait le balai, arrachait les feuilles jaunies des compositions florales, et rentrait se coucher, avant de se lever pour fermer l'église qui n'avait parfois vu passer aucun fidèle de la journée. Elle terminait par le ménage à la fermeture du supermarché Walmart, de l'autre côté de l'autoroute.

Le dimanche, pas de sieste, Mme McCallum repassait son tailleur – bleu pétrole ou marron les saisons froides, des couleurs vives à partir de Pâques –, ressortait l'un de ses chapeaux assortis, et allait participer à l'étude de la Bible avant l'office. Elle s'asseyait au dernier rang de l'assemblée. Au fil des ans, sa santé déclinant, elle avait perdu un emploi puis l'autre, et n'arrivait plus à survivre avec ses six cent cinquante-deux dollars et quarante-huit cents de retraite après des décennies de petits boulots, souvent au noir.

Les fidèles se mobilisèrent pour aménager l'espace restreint de sa caravane en logement convenable pour les dernières années d'une octogénaire qui ne se déplaçait plus qu'en fauteuil payé partiellement par l'assurance santé Medicare. La cuisinette, la salle de bains, tout avait été adapté, repeint en vert pastel, la banquette du lit dépliable recouverte d'un velours bleu plus propre. Un menuisier avait aménagé une rampe d'accès jusqu'à la porte. Une collerette de plastique masquait l'espace des roues qui avaient été remplacées par des parpaings plus stables. L'ensemble ordonné détonnait avec les autres caravanes et baraques bricolées qui s'étaient rajoutées au fil des années sur les chemins de terre alentour. D'autres paumés clôturaient leurs emplacements par des grillages disparates, recouverts de bâches ou de drapeaux américains usés par les éléments. Près de chaises récupérées, d'un vestige d'une Ford et d'un frigo des années 80, une vierge en plastique émergeait de fleurs rouges en tissu plantées devant un pan de mur.

Pour préserver le calme de Mme McCallum, une clôture avait été érigée puis rehaussée au fil des arrivées de voisins jusqu'au bout du chemin où se trouvait ce terrain. Elle avait invité des enfants de paroissiens à venir peindre un coucher de soleil sur l'océan. Comme ils n'avaient jamais vu la mer, elle leur demanda de s'inspirer d'une publicité pour une convention obsèques reçue dans sa boîte aux lettres. À sa mort, les fidèles s'entendirent pour proposer à une famille dans le besoin le refuge aménagé de Mme McCallum dont l'église baptiste avait hérité. Quelqu'un qui aurait besoin d'une rampe, avait insisté le pasteur en postant une annonce sur Facebook.

Ils reçurent un message privé d'Angela Groff. L'histoire de sa fille était poignante, les maladies, leucémie, hémophilie, lymphome de Hodgkin, dystrophie musculaire, les opérations multiples, le fauteuil, les cheveux et les dents manquants, l'ouragan qui venait d'emporter leur toit et leurs souvenirs. Le récit émut comme prévu les paroissiens qui leur proposèrent de les rejoindre.

Des centaines de reporters débarquèrent de tout le pays dans ce coin perdu de cet État paumé. D'emblée ils ne me considérèrent pas comme l'un d'entre eux. Je n'étais qu'un de ces podcasteurs à la dégaine d'étudiant, pas un vrai reporter à galons.

Toutes les chambres étaient occupées, sur Booking, sur Airbnb. Des habitants louèrent pour quelques billets des chambres d'ami ou des nuitées sur canapé-lit. Le parc de caravanes où avaient vécu Angela et Cindy élargit ses capacités en ouvrant l'enclos d'un terrain mitoyen trop sec pour les chevaux.

Il y eut les simples curieux qui passaient voir le village dont tout le pays parlait. On aurait dit des moustiques attirés par les projecteurs des émissions spéciales, avant le lever du soleil pour les matinales à l'heure de la côte Est, en plein cagnard de fin d'après-midi pour les journaux du soir. Les mêmes viendraient après un ouragan fureter autour de maisons détruites ou prendraient en photo les véhicules encastrés d'un accident.

Moins nombreux, plus spectaculaires, des illuminés venaient brandir leurs grands panneaux d'extraits bibliques pour conjurer Satan à l'œuvre dans ce crime.

Nous étions les plus joyeux, nous les quelques mordus d'histoires criminelles qui se pointèrent de tout le pays, excités par ce mystère que nous espérions résoudre comme un Cluedo. Nous avions succombé aux délices des faits divers avec le succès du podcast *Serial*, quelques années plus tôt. Plus d'une centaine de millions d'épisodes avaient été téléchargés pour ce récit radiophonique. Il ne se contentait pas de raconter un meurtre résolu mais reprenait les investigations d'un mystère. Chaque crime médiatisé voyait poindre des quidams désœuvrés qui menaient des enquêtes parallèles et tiraient des fils délaissés par la police. Le récit de leurs recherches, même infructueuses, donnait lieu à des séries audio mises en ligne à moindre coût. Un épisode haletant bien vendu sur des médias sociaux pouvait générer des centaines de milliers d'écoutes.

À Truth or Consequences, beaucoup de gens parlaient, les fidèles de l'église évangélique, un postier bavard, une serveuse à mi-temps ou la femme de ménage du motel en surplomb de l'autoroute, mais personne n'avait rien à dire.

J'obtins après des jours d'efforts les témoignages des voisins. Les Laskos, les Varney, les Ellington, les Kilmeade, les Welch acceptèrent les uns après les autres de raconter leurs souvenirs d'Angela. Tous brodèrent autour des rares et brèves conversations qu'ils avaient pu avoir avec celle qui était restée cloîtrée durant douze ans derrière ses murs roses. Ils la dépeignirent en demi-sainte, la bonté faite femme. Croyant faire plaisir à leur interlocuteur, ils épiçaient leurs récits de divers détails douteux, un avant-bras ensanglanté qui pendait du brancard de l'identification criminelle, une odeur de cadavre qui planait, les chiens qui avaient aboyé la nuit du meurtre, une ombre aperçue autour de leur villa, des inscriptions religieuses blasphématoires tracées sur les murs de la chambre du crime, l'hypothèse d'un viol *post mortem* dont la police ne voulait pas parler bien entendu. Je me méfiai de ces extravagances, quand certains confrères prêtèrent attention aux spéculations. Quelques-uns s'enfoncèrent dans les délires complotistes les plus loufoques qui nourrissaient des sites putaclics.

Les journaux et les télévisions blanchissaient ces élucubrations sous forme interrogative ou pour s'en indigner. Chaque récit nourrissait les autres, pour occuper du temps d'écoute et tenir l'attention du public comme les rênes d'un cheval.

Les témoins qui n'avaient rien vu répétaient qu'Angela était une femme sans histoire en recyclant ce cliché paresseux des journalistes. Tout le monde a une histoire, et cette histoire en était bien une. Une histoire qui fait frissonner, pleurer, et vendre, une histoire rentable pour que les chaînes fassent venir de New York leurs vedettes, de Dallas et Los Angeles de gros camions de production surmontés d'antennes satellite pour des émissions spéciales. Faute de témoignages probants, il fallut les remplir par des archives d'une chaîne locale, vendues à un prix décuplé. Elles avaient plus d'une décennie. Le premier entretien devant une caméra. Le sourire épuisé d'Angela et la joie effervescente de Cindy un matin de novembre, la veille de Thanksgiving, quand elle posta sur un compte Facebook appelé *Believe in Magic* une vidéo où elle lisait sa lettre au Père Noël.

Cher Santa.

Je m'appelle Cindy. Comme Cendrillon, me dit toujours ma maman, et même que c'est comme ça que je devais m'appeler, Cendrillon, mais les messieurs du gouvernement ils ont pas voulu, alors que j'étais une princesse, c'est ma maman qui me le répète.

Je prie souvent le petit Jésus comme elle me le demande, avant qu'on mange, et aussi avant d'aller dormir. Je ferme les yeux pour voir tout noir et je serre les doigts très très fort en rapprochant mes mains. Je répète le Notre Père au moins cinq fois, parfois dix fois, même un jour je l'ai fait douze fois. Mais je sais que tu es plus efficace que Jésus pour les vœux des enfants. C'est ce qu'ils ont dit dans l'émission Regis & Kelly qu'on regarde avec Maman le matin. Elle me dit souvent qu'il ne faut pas croire tout ce qui est dit à la télé, qu'ils mentent quand ça les arrange, tant que ça rapporte de l'argent, que c'est comme ça que ça fonctionne. Mais moi je sais que c'est vrai. Alors j'ai quelque chose à te demander.

Nous n'avons plus de maison. Elle a été détruite dans un ouragan l'année dernière. Nous habitions en Floride, à Melbourne, pas loin de Cape Canaveral où on voit partir les fusées dans les étoiles. On vivait dans un parc de caravanes, avec des toilettes au bout de l'allée. Maman dit que c'est là que j'ai fait mes premiers pas. Il avait plu toute la journée.

Ça soufflait fort fort fort. Le drapeau sur le mât claquait fort aussi. Quand l'auvent en tôle au-dessus des sanitaires s'était envolé, Maman a eu peur. Nous sommes parties au refuge dans une salle de sport du lycée près du restaurant Dairy Queen où ils font des blizzards au chocolat avec des morceaux d'Oreo (si tu veux je t'en prendrai un pour quand tu viendras pour Noël, c'est bon et tu peux renverser le verre avec la glace et la cuillère sans que ça tombe !). Le vent était fort fort, ça sifflait dans mes oreilles. Et puis il y avait les ouaf-ouaf des chiens sur le terrain de basket et ils faisaient pipi par terre pas loin des sacs de couchage et les gens gueulaient, et une vieille grognait, et plein de gens fumaient et ça piquait mes yeux, je n'arrivais pas à dormir. J'ai pleuré pleuré, j'étais trop triste, maman n'avait plus de mouchoirs alors elle m'a tendu un rouleau de papier toilette.

Le matin on nous a donné des biscuits au cheddar et des briques de lait au chocolat (j'aime pas). Et puis après il pleuvait plus, il faisait même chaud chaud, le chemisier de Maman était trempé. Quand nous sommes retournées jusqu'au parc de caravanes, en se faufilant parmi les branchages de palmiers et les fils électriques qui étaient tombés, on a vu que le toit de la nôtre s'était envolé, et tout était mouillé. On ne voyait même plus les couleurs sur mes dessins accrochés aux portes de la cuisinette, tellement ils étaient trempés.

Après, je sais plus combien de temps après mais c'était un peu après, Maman a dit qu'on allait partir habiter dans un nouvel endroit, vers là où le soleil se couche, dans un désert mais sans chameaux. La ville a un nom qui fait rigoler Maman, Truth or Consequences. On a pris la route. Dans la camionnette, pendant des jours et des jours, je ne faisais que pleurer. J'étais triste de partir de Floride car ma maman m'avait promis d'aller un jour à Disneyworld à Orlando. Elle me répondait que là-bas au moins dans le désert il n'y aura pas d'ouragan, et qu'on sera plus proche du premier Disneyland en Californie et qu'un jour on ira, elle m'a promis. Elle avait accroché mon fauteuil avec des sangles à l'arrière du van. Sur la route on s'arrêtait pour manger du bœuf séché qu'ils accrochent près des caisses des stations essence, miam miam. Tu devrais en donner à tes rennes, c'est plus bon qu'un verre de lait !

Moi j'aime bien vivre dans une caravane, c'est rigolo, mais il n'y a pas d'enfants dans les autres caravanes. Ce sont des jeunes qui travaillent pour les casinos des réserves d'Américains Natifs (ma mère elle dit les Indiens ou les Peaux-Rouges, mais j'ai entendu à la télé que ça ne se dit pas). Ils restent tard le soir autour d'un petit feu à boire et à fumer en écoutant de la musique. Maman elle peut pas dormir même en mettant du coton dans les oreilles. Elle est fatiguée, car elle doit me porter parce qu'il n'y a pas beaucoup de place pour mon fauteuil.

Cher Santa, j'aimerais bien avoir une vraie maison pour Noël. Il faisait trop chaud cet été mais maintenant il commence à faire trop froid encore. L'hiver dernier, Maman disait que si ça continuait comme ça j'allais mourir d'une pneumonie plutôt que de ma leucémie. Et j'aimerais avoir une maison rose, comme le château de Cendrillon dans mon album Disney ! Ma maman me dit toujours qu'il faut croire en ses rêves, et qu'il faut regarder les étoiles dans le ciel, et qu'il y a des anges qui peuvent nous aider, et qu'elle en sait quelque chose, vu qu'elle s'appelle Angela. Moi je suis pas certaine pour les anges, j'en ai jamais vu que sur le mur peint sur le parking de l'église par les enfants des cours de Bible, mais je sais que toi tu existes, et qu'il ne faut pas croire ceux qui disent que Santa n'existe pas, car ce sont les mêmes qui disent que les princesses elles sont pas vraies, alors que moi je suis une princesse comme me dit Maman souvent, tu es ma princesse, et un jour tu rencontreras ton prince.

Donc je compte sur toi Santa. La prochaine fois qu'on ira à la station-service, je demanderai à maman d'acheter du bœuf séché pour tes rennes devant la caravane. Il n'y a pas de cheminée mais seulement un chauffage électrique qui fait grr-grr-grr et on ne peut pas l'allumer la nuit parce que ça coûte trop cher dit Maman. Elle l'a récupéré au Dollar Store pour pas cher parce que la boîte avait été abîmée.

Tu n'auras qu'à déposer les clés de la maison sous le pot du cactus. Et n'oublie pas Santa, rose la maison !

La lettre était signée Princesse Cindy.

En quelques heures, tandis que des dizaines de millions d'Américains partaient rejoindre leurs familles pour des festins de dinde, de sauce aux airelles et de tartes au potiron, la vidéo devint virale. Ma mère et des milliers d'autres commentèrent en chaîne avec des emojis. Une cagnotte en ligne fut lancée. Avant la tombée de la nuit plus de trente mille dollars furent récoltés pour les aider à construire une maison. Ma mère envoya soixante dollars, ce qui me rendit un peu jaloux car je ne touchais que cinq dollars d'argent de poche par semaine.

À la dernière relecture, Angela lui avait fait rajouter l'histoire du chauffage. Elle lui disait que les gens seraient émus si elles leur faisaient croire qu'elles avaient froid.

En un mois de collecte, la cagnotte de la lettre au Père Noël dépassa le demi-million de dollars. Elle avait été largement relayée par des sites qui faisaient leurs meilleures audiences avec les histoires de ce genre, pleines de sentiments sucrés et de tragédie inéluctable. Les ventes d'espaces publicitaires y progressaient plus vite qu'ailleurs car les marques peinaient à cibler les plus précieux consommateurs qui délaissaient les programmes de télévision. Les consultants en stratégie persuadaient leurs clients qu'il fallait vendre leurs lessives peaux sensibles, leurs préparations pour crêpes et leurs papiers toilette moelleux sur des espaces publicitaires à l'abri des guerres culturelles qui fracturaient l'Amérique. L'analyse des données établissait que les lectrices représentaient 78 % de l'audience de ces sites, qui étaient devenus des supports précieux pour toucher les femmes responsables des achats dans leur foyer. Ces consultants répétaient aux annonceurs que pour la consommatrice moyenne, partager le lien d'un article à fort potentiel émotionnel sur Facebook était une recommandation très puissante. La page cliquée devenait un écrin de grande valeur pour leur marque. Ces sites multipliaient les articles de ce genre. La plupart de ces récits ne suscitaient que peu de curiosité, mais certains articles emportés par la viralité étaient repris par les chaînes généralistes qui couraient derrière les mêmes téléspectatrices et transformaient ces histoires en segments tire-larmes à la fin du journal télévisé ou en sortie de pubs des matinales. Les professionnels appelaient ce créneau des histoires d'intérêt humain.

La lettre de Cindy eut des échos inattendus. Toby Gifford, le patron prospère d'une entreprise du bâtiment de la banlieue d'Albuquerque, à deux heures de Truth or Consequences, proposa d'offrir la main-d'œuvre pour la construction d'une maison, plus 20 % de réduction sur les matériaux. Son expert-comptable lui avait suggéré de passer un don substantiel en déduction fiscale pour réduire drastiquement ses impôts fédéraux.

Une communauté fermée pour retraités de plus de cinquante-cinq ans baptisée Sunset Desert, le désert du crépuscule, offrit un terrain au bout de leur parc clôturé de vingt-six villas à quelques miles au sud de Truth or Consequences. Un large mur, surmonté de caméras tous les cinquante pieds, ceignait le parc pour limiter l'entrée des animaux sauvages. Des gardiens patrouillaient dans les voiturettes électriques du terrain de golf aux pelouses entretenues au prix d'efforts coûteux dans ce désert où pas grand-chose ne pousse. Les jardiniers se chargeaient des espaces verts autour des villas et s'assuraient que les massifs de roses anglaises survivaient à la chaleur grâce à des brumisateurs d'eau fraîche branchés à un vaste circuit de refroidissement alimenté par un générateur au fioul. La proposition de Kathy Ellington du lot 24 de le remplacer par des panneaux solaires avait été moquée par ses voisins.

La route privée entre les villas, Sunset Boulevard, était si paisible qu'y jouaient sans crainte les petits-enfants de passage. Le nombre de jours pendant lesquels la copropriété tolérait les mineurs était limité à trente par an et par résidence. Elle rassemblait des couples de la classe moyenne supérieure enrichis par les profits boursiers depuis les années Reagan. Tous s'étaient transplantés d'autres États pour cette retraite luxueuse sans avoir à dépenser les lourdes charges mensuelles des communautés aux prestations équivalentes en Floride ou dans le comté d'Orange en Californie du Sud. Il ne suffisait pas d'y acheter un lot pour y faire construire une maison. Il y avait un long processus d'entretiens avant l'admission, sur les ressources financières, le passé des candidats, leurs profils et leurs valeurs. Sans qu'aucune règle discriminatoire ne fût officiellement établie, seuls des couples hétérosexuels mariés de longue date et investis dans des organisations de bienfaisance chrétiennes avaient été admis. Il leur était suggéré d'adhérer au Rotary local du comté de Sierra.

Outre le golf, Sunset comptait un terrain de tennis, un autre de pickleball, un lac artificiel pour la pêche régulièrement alimenté en poissons par les employés, et un country club ouvert trois heures tous les soirs, décoré comme un pub anglais. Les écrans au-dessus du bar en chêne verni diffusaient les chaînes sportives et Fox News. Les hommes venaient y regarder des matchs en buvant des Buds et des Coors au bar quand leurs épouses restaient papoter sur la longue terrasse entourée de palmiers, les montagnes de Black Range à l'horizon. Elles remplissaient de rosé leurs larges verres qu'elles tenaient par la tige et faisaient rouler le calice avant de le renifler. Comme elles sortaient peu de la propriété, les histoires à se raconter se limitaient aux rumeurs sur telle ou telle voisine absente de la tablée.

Toutes les familles avaient fait installer un mât surmonté d'un drapeau américain. Depuis, certaines y ont ajouté celui de la Confédération. Plusieurs semaines dans l'année, en fonction des fêtes du calendrier, des haut-parleurs masqués dans de faux rochers jouaient de neuf heures à midi et de quinze heures à dix-huit heures des musiques de saison : des chansons de Noël dès le lendemain de Thanksgiving, des bluettes romantiques la semaine de la Saint-Valentin, des chants irlandais pour la Saint-Patrick, mexicains pour le Cinco de Mayo, italiens pour le jour de Christophe Colomb, autant d'occasions pour les résidents de se retrouver au country club pour des soirées festives. Hommes et femmes se tenaient à l'écart au bout d'un quart d'heure.

Plusieurs résidents m'ont raconté qu'un soir, entre deux commandes d'anneaux d'oignons frits, Mme Finnerty du lot n° 5 évoqua la lettre au Père Noël de Cindy qui avait été partagée des dizaines de milliers de fois avant d'apparaître sur le mur Facebook de sa fille, suivi de centaines de commentaires émus. Depuis Charlotte en Caroline du Nord, elle l'encourageait à faire un geste pour cette pauvre dame avec sa fille malade qui vivaient tout près. Mme Graham du lot n° 14 rebondit à l'évocation de cette lettre, elle aussi l'avait lue. Elle connaissait cette famille dans le besoin. Elle était la seule à fréquenter l'église baptiste dans cette communauté. Ses voisins se retrouvaient plutôt à l'église évangélique sur la droite de la route principale après le magasin de bricolage. Elle avait aperçu Cindy en fauteuil poussé par sa mère. Kathleen Finnerty pensa tout haut au dernier lot vacant de la communauté. Il n'avait jamais trouvé preneur. Plus petit que les autres. Trop étroit pour un grand jardin avec piscine comme l'espéraient les candidats habituels. Trop à l'écart du golf. Trop proche du petit parc grillagé en bordure du désert où les résidents pouvaient laisser leurs bichons gambader, près du hangar des jardiniers, d'où sortait le ronflement du moteur au fioul alimentant l'arrosage automatique, et de l'emplacement des bennes à déchets.

Les membres avaient envisagé au fil des ans différentes solutions qui toutes échouèrent à rassembler un consensus : un mémorial pour les soldats tombés au combat, une réplique de la statue de la Liberté de dix pieds de haut, ou une grande croix. Mme Pratt du lot n° 17 s'était indignée qu'ils puissent laisser le Christ mourir près de l'endroit où les chiens défèquent.

Maddie Graham suggéra de proposer à cette mère si brave le dernier lot à construire, pour une somme symbolique. L'idée n'enthousiasma guère les voisins qui se réfugièrent derrière le règlement intérieur. Cette Angela Groff n'avait pas cinquante-cinq ans, et sa fille était mineure, il ne fallait pas déroger aux fondements de la vie harmonieuse en communauté. L'affaire était entendue, jusqu'à ce que M. Stephens, du lot n° 4, qui avait pris une retraite anticipée après trente ans de conseils d'optimisation fiscale, leur rappela que le don de la parcelle et l'exemption de charges permettraient aux copropriétaires de bénéficier d'une déduction significative de leurs impôts.

C'est ainsi que Cindy et sa mère devinrent les deux plus jeunes résidentes de Sunset Desert, sur la parcelle avec les odeurs de poubelles et de merde les mois les plus chauds.

L'entrepreneur Gifford alla voir les Groff dans leur caravane avant de dessiner les plans de la nouvelle maison. Angela refusa l'idée de donjon pour laquelle Cindy pleurnichait. Comment pourrais-tu y monter avec ton fauteuil, grondait sa mère. Lasse des bouderies de sa fille qui faisaient mauvais effet, elle accepta de fausses tourelles aux coins de l'étage. Elle demanda une vaste cuisine avec un immense îlot central en marbre qu'elle avait vu dans les comédies romantiques de Nancy Meyers avec Meryl Streep et Diane Keaton rediffusées sur des chaînes du câble. La cuisinière rétro avec de grands fours aurait pu servir pour des banquets de Thanksgiving mais elle n'invita jamais personne à dîner. Le frigo, à double battant avec un distributeur de glace, était assez large pour les gallons de jus d'orange, de jus de pomme et de lait. Elle remplit la cave à vin réfrigérée de bouteilles d'un litre et demi de blanc australien commandé par caisses. Dans le salon, un grand écran incurvé aussi long que la fausse cheminée au gaz. La salle de bains du rez-de-chaussée était suffisamment large pour que Cindy puisse entrer avec son fauteuil dans la douche recouverte de carrelage blanc aux reflets rosés. À l'angle de la pièce, Angela avait réclamé un jacuzzi aux cent soixante-quatre jets pour aider sa fille à muscler ses jambes, mais c'est elle qui y passait des heures. Sous le grand escalier central qui menait à sa vaste chambre, une pièce un peu plus petite avait été aménagée avec le lit à baldaquin de Cindy. Une coiffeuse au miroir à dorures platinées avait été dessinée sur mesure à la taille de son fauteuil. Des centaines de livres de contes remplissaient une bibliothèque rangée comme un arc-en-ciel sur un pan de mur. Angela trouvait harmonieux de commander sur Amazon des livres en fonction de leurs couleurs.

Gifford installa une rampe le long de la maison pour que le fauteuil soit poussé jusqu'au trottoir. Elles se baladèrent peu dans Sunset Desert : Angela répétait qu'il y faisait trop chaud pour marcher. Derrière, dans le petit jardin, un mur rond en briques formait à hauteur de genoux un foyer, entouré de larges fauteuils en bois peint. Cindy aurait aimé descendre pour manger de grands marshmallows embrochés sur les longues piques sur le feu. Sa mère Angela ne rappela jamais l'entreprise pour prolonger la rampe à l'arrière de la maison. Depuis sa chambre, Cindy ne faisait qu'apercevoir le reflet des flammes autour desquelles sa mère passait des soirées d'été quand les programmes télé ne proposaient que des rediffusions.

Cindy aurait voulu que tout soit rose. C'est bien la couleur qui dominait, à l'intérieur comme à l'extérieur. Toby Gifford avait proposé une gamme de roses que la petite fille trouvait trop pâles. Elle voulait qu'ils soient plus pimpants, qu'ils éblouissent les yeux comme des bonbons acidulés piquent la langue. Il s'inspira de la teinte de la Corvette décapotable Barbie qu'il avait offerte à sa fille pour Noël.

J'avais retrouvé sur YouTube une archive de la chaîne locale KRQE qui était venue tourner un reportage sur les derniers travaux. Cindy m'a ensuite raconté que la présentatrice Courtney Mellencamp était arrivée avec une épaisse couche de fond de teint, sa robe poussin près du corps, chaussures de sport aux pieds. Quelques minutes avant que le tournage ne commence, elle enfila ses stilettos sortis d'un sac plastique Costco et se passa de la laque dans les cheveux en utilisant la fonction autoportrait de son iPhone.

Mellencamp prit place dans la chambre de princesse. Lorsque l'entretien débuta, son sourire se figea dans un rictus de publicité pour dentifrice. Elle ponctua les moments qu'elle espérait émouvants en faisant pivoter son visage comme si elle s'adressait à un chiot qui réclame des croquettes, et se leva pour enlacer Cindy en comprimant ses épaules, laissant la caméra capter les courbes de son postérieur.

Angela était assise près du fauteuil roulant. Ses ongles serraient la paume de sa fille. Toute la matinée elle avait pleurniché pour pouvoir porter sa perruque blonde plutôt qu'une calotte en laine mauve tricotée qui lui faisait un front gigantesque. Cindy ne se souvenait plus quand elle avait cessé d'avoir des cheveux longs comme les autres petites filles. Elles voyaient beaucoup de médecins, plusieurs fois par mois, pour des examens. Ses cheveux tombaient par touffes, s'affolait sa mère. Ma pauvre, que c'est laid, tu ne veux pas être encore plus laide, mieux vaut faire place nette. Elle ne voulait cependant pas les raser. Tu pourrais mourir à la première coupure ma Cindy. Elle lui racontait toujours le même documentaire télé sur la famille impériale de Russie. Leur fils unique était hémophile et à cause de cela, insistait Angela, ils avaient tout perdu, les communistes les avaient tués, et le peuple avait subi la dictature pendant des décennies. Tu vois Cindy, c'est trop dangereux de te raser les cheveux. Deux soirs par semaine avant d'aller au lit, le mercredi et le dimanche, elle lui faisait pencher le torse au-dessus de la baignoire et recouvrait son crâne de crème dépilatoire. Cindy devait compter cinq fois jusqu'à cent avant que la bassine d'eau, toujours trop froide ou trop chaude, soit renversée d'un coup. L'odeur de la crème lui donnait des haut-le-cœur. La séance se terminait à la pince. Chaque esquisse de sourcil était arrachée. Plus tard, à l'adolescence, quand il fallut se débarrasser de davantage de poils, les séances devinrent plus humiliantes.

Cindy se souvenait qu'elle avait tant pleuré le matin de l'entretien qu'Angela avait accepté qu'elle porte sa robe de princesse, à condition de l'emmitoufler dans un large chandail en laine trop grand pour elle, alors qu'il ne faisait pas froid. Elle la maquilla avec un fond de teint et une poudre qui accentuaient sa pâleur, quand la journaliste, entre deux prises, retouchait son visage pour souligner ses pommettes cuivrées. Ses cheveux, même figés par la laque, semblaient si soyeux que Cindy passa ses doigts dans ses mèches claires.

L'entretien avait été précédé par deux semaines de répétitions. Angela s'installait dans son nouveau fauteuil télécommandé à peine sorti des cartons dans le salon encore en travaux. Cindy devait laisser sa mère raconter son histoire, les nombreuses opérations, les maladies génétiques, la leucémie, l'hémophilie, la dystrophie musculaire, le lymphome de Hodgkin, les médecins qui lui avaient fait passer des tests sans trouver d'explications aux symptômes toujours plus inquiétants, les dents qu'il avait fallu arracher, le fauteuil roulant, les dizaines de médicaments qu'elle prenait chaque jour, le peu d'années qu'il lui restait à vivre, le chagrin prévisible et inéluctable. À chaque étape du récit, Angela appuyait des silences, Cindy devait échanger avec elle un regard et s'y arrêter. Le silence, insistait sa mère, le silence. Le plus important, pour l'émotion, c'est le silence.

Elle obéit au rôle qui avait été prévu, et se tut lorsque la journaliste voulut lui donner la parole. Sa mère enfonçait ses ongles dans sa paume droite qu'elle ne lâchait pas depuis le début de l'enregistrement.

Ce n'est qu'au signal d'un geste sur la cuisse, comme il avait été convenu, que Cindy prononça les quelques phrases apprises par cœur. C'est un rêve qui devient réalité. Cela me réchauffe le cœur de voir la générosité de tant de gens. Merci, vous avez changé notre vie. Maman m'a promis que si on croit vraiment en ses rêves, tout au fond de son cœur, tout devient possible. Il faut croire en ses rêves. Ce sont mes rêves qui m'aident à survivre. L'amour et les rêves, c'est tout ce qu'il me reste, mais c'est assez pour toute la vie.

Angela lui avait fait répéter ces phrases devant le miroir de la coiffeuse de sa chambre. Elle devait garder son menton rentré vers son cou et regarder la caméra par-dessous, en remontant la pupille de ses yeux, comme les princesses de Disney. Angela la faisait sourire au point d'avoir mal aux muscles du visage. Elle avait honte de ses dents. Sa mère croyait que les gens seraient touchés de voir une petite fille sourire malgré tout.

La séquence imaginée par Angela avait si bien fonctionné que l'extrait de la chaîne locale avait été relayé sur Facebook et repris en fin de journal télévisé de CBS, un vendredi soir, en guise d'histoire positive pour conclure la semaine.

Quand le rythme de l'enquête judiciaire ralentit, je grevai un peu plus ma carte de crédit pour prendre un vol El Paso-Boston avec changement à Atlanta. Dans le Massachusetts je louai une voiture pour rejoindre à trois heures plus au nord Camden, dans le Maine, où avait grandi Angela, trois décennies plus tôt, quand le port pittoresque de la baie de Penobscot était encore protégé d'Airbnb et d'Instagram. Des touristes louaient des goélettes pour aller explorer les îles alentour avant de se retrouver autour d'une soupe de palourdes. Les demeures les mieux situées sur la côte appartenaient à des familles patriciennes de Boston, Providence, New York ou Philadelphie qui se fréquentaient lors de régates en voiliers blancs, d'après-midi au champagne en Picnic Boat Hinckley de trente-six pieds, ou de dîners de homards grillés pendant lesquels tout le monde gardait un cardigan en cachemire, les nuits précoces y étant fraîches. Les colonnes de leurs larges maisons étaient repeintes de blanc chaque printemps. Le bardage en bois était constitué de planches à clin des sapins environnants, comme depuis des siècles en Nouvelle-Angleterre, depuis que des tonneliers partis de Plymouth recouvrirent les maisons des colons pour les protéger des hivers plus rudes qu'en Cornouaille. Les vastes porches sous les toits en pente étaient meublés de chaises berçantes et de fauteuils moelleux où les parents se servaient de la citronnade et du bourbon pendant que les enfants plongeaient dans les piscines carrelées ou jouaient au palet sur les pelouses encadrées de rosiers et de vieux pins. Le soleil du matin traversait les moustiquaires et les vitraux colorés pour scintiller sur le cuivre poli et le bois ciré. L'odeur du feu dans la vaste cheminée centrale, autour de laquelle s'éternisaient les rassemblements familiaux de Noël et de Thanksgiving, remontait dans les étages par le grand foyer encadré par un double escalier.

Ces familles se connaissaient depuis plusieurs générations, liées par des cousinages anciens après des mariages entre voisins. Aucune d'entre elles n'aurait eu l'idée de vendre ces demeures à des fortunes récentes. Elles se retrouvaient au premier rang de l'église épiscopalienne Saint-Thomas pour la messe du dimanche. Leurs dons servaient à payer de nouveaux agenouilloirs en velours rouge aux couleurs des cinquante États américains. Après l'office, quand ils descendaient la rue principale en grappes, on aurait dit une publicité Ralph Lauren. L'été ils portaient des bermudas de couleurs vives et des vestes en *seersucker* bleu, l'hiver de vastes chandails écrus ou des vestes en tweed de lin à carreaux. Le beige était recommandé entre *Memorial Day* fin mai et *Labor Day* début septembre. Nul n'aurait imaginé en porter le reste de l'année. Les plus snobs trouvaient la fréquence FM de Radio-Canada pour que leurs enfants entendent du français. L'un des sujets récurrents des conversations était la difficulté de recruter dans la région des bonnes québécoises convenables comme autrefois.

Ces demeures étaient si vastes, souvent six ou sept chambres, et encore plus de salles de bains, que le personnel de maison était très recherché. Les familles proposaient des salaires inouïs pour arracher à un voisin ou un compagnon de voile telle cuisinière louée pour ses plats ou tel jardinier ayant fait des miracles. Les employés obtenaient aisément de déléguer les tâches subalternes à du petit personnel de complément.

C'est ainsi que Rose, la mère d'Angela, vivotait à Camden. Quand les grandes familles débarquaient, de mai à septembre et pendant quelques week-ends hors saison, elle nettoyait les sanitaires des demeures les plus vastes. Elle se chargeait seulement des toilettes et salles de bains, rien d'autre. Chaque jour à l'aube elle prenait sa Oldsmobile Cutlass Supreme 1989, remontait la route en s'arrêtant à chaque propriété, sortait son seau et son bidon de Javel, passait par la petite porte de service, jamais par l'entrée principale, enfilait des housses en plastique bleu sur ses chaussures pour ne pas salir les moquettes, et évitait de trop se faire remarquer des patrons. Elle n'était pas la bonne, mais la bonniche des bonnes qui avaient obtenu de ne plus récurer les sanitaires. Rose ne s'en était jamais plainte. Elle préférait être au chaud plutôt que d'aller travailler dans l'humidité de l'usine de conserves de poissons, où elle faisait quelques missions les mois d'hiver pour compléter le pécule des ménages et d'autres petits boulots occasionnels. Le réveil à quatre heures pour prendre son poste à la chaîne et la bouilloire d'eau chaude pour enlever du pare-brise la glace des nombreuses nuits de neige étaient bien plus pénibles que de curer des cuvettes.

Son mari marin-pêcheur, tatoué de deux maquereaux sur les avant-bras, l'un frais à gauche, l'autre réduit aux arêtes à droite, avait fait vivre la famille par de longues tournées au large de la

Nouvelle-Écosse. Un hiver le chalutier ne rentra pas au port de Camden. Angela avait douze ans, presque treize. Elle dut accompagner sa mère dans sa tournée des villas pour accélérer la cadence et multiplier les missions. Aucun propriétaire ne s'étonna d'apercevoir une enfant avec des gants de latex. Chacun était satisfait que les opérations prennent ainsi moins de temps et que le petit personnel déguerpisse plus vite.

Angela détesta être réquisitionnée. Elle eût préféré rester à la maison regarder les rediffusions à l'infini de séries des années 70, comme *Brady Bunch* qui racontait les péripéties amusantes d'une famille recomposée de six enfants. Leur grande villa de Los Angeles était plus belle que la baraque en briques que sa mère louait aux patrons du Anchor and Crown, un restaurant de touristes mitoyen. En échange d'un loyer minime, elles devaient nettoyer la cuisine à la fin du service du soir. Chaque après-midi en haute saison, Angela était chargée de décortiquer des crevettes décongelées dont il ne fallait pas dire qu'elles venaient d'Asie, au rythme intense de quinze onces par heure. Elles seraient ensuite accrochées à des rebords de cocktails ou servies en entrée sur de la mayonnaise industrielle en seau. La patronne avait été embarrassée de trouver un jour la mère et la fille chercher quelques crustacés abîmés dans la benne à l'arrière pour compléter les paquets de la banque alimentaire. Depuis elle leur permettait de récupérer les restes à condition d'attendre la fin du service. Sinon, poubelle et Javel. Angela n'en pouvait plus des restes de fritures de palourdes, de tacos au haddock et des fonds de plat de macaronis au cheddar. Sa mère lui demandait de garder les gâteaux au crabe sous cellophane, jusqu'à ce qu'ils soient complètement secs, pour la basse saison, mais elle en glissait toujours deux ou trois dans sa poche pour les manger à la nuit tombée dans sa chambre.

Rose Groff avait accepté à contrecœur de me recevoir. Il avait fallu que Cindy, lors de conversations téléphoniques depuis sa prison, appuie la requête de Maître Benitez. Depuis la révélation du meurtre, Rose avait décliné des centaines de demandes d'entretien. Pendant des semaines, des journalistes avaient fait le guet devant sa maison, son travail, l'église et la suivaient à travers la ville. Rose ne faisait plus de ménages. Elle était employée depuis plusieurs années à l'épicerie d'un village voisin, Hope, sur les hauteurs de Camden. La route s'éloignait vite des villas bourgeoises pour border des lacs et traverser des vergers, bleus et noirs le printemps et l'été pour les myrtilles, orange et verts l'automne pour les citrouilles. Le panneau en bois indiquait *Hope General Store, established 1832*. Elle avait trouvé l'annonce pour ce poste sur le tableau d'affichage en rotin de la paroisse. Veuf et trop âgé pour tenir seul le magasin général de l'aube au coucher du soleil, le propriétaire lui avait demandé de venir l'aider dans cette vieille boutique au parquet usé. Elle avait redonné un peu de vie à la pièce sombre en y ajoutant un large vase de fleurs sauvages sur le comptoir en chêne patiné, près d'une cloche à gâteaux où elle plaçait chaque matin des biscuits aux noix de macadamia encore chauds. Un poêle Queen Atlantic centenaire servait de buffet pour des fontaines en verre remplies de thé glacé. L'échoppe à l'allure antique figurait dans les guides pour les touristes qui parcouraient la Nouvelle-Angleterre et repartaient avec une tasse en fer-blanc ou un tablier hors de prix estampillés *Hope General Store* bien que fabriqués en Chine. Rose eut aussi l'idée de vendre un gin local aux pommes, canneberge, aux touches de muscade et cannelle, horriblement amer et hors de prix, qui enthousiasmerait des vacanciers crédules.

Le premier jour, elle me fit patienter près des vitrines réfrigérées le temps de ranger la livraison hebdomadaire de son fournisseur. Elle finit par me dire qu'elle était trop occupée pour me parler. Je revins le lendemain, elle trouva d'autres prétextes pour repousser la conversation dès que nous abordions l'enfance d'Angela, entre deux tintements de la clochette de la porte de la boutique. Le troisième jour se termina sans que je pusse dissiper l'écume de ses souvenirs. Elle ferma le magasin, monta dans sa voiture. Je frappai à sa vitre pour lui proposer de dîner dans un restaurant plus bas à Camden. Elle haussa les épaules. Ne faites pas l'idiot. Pourquoi dépenser de l'argent dans un restaurant ? Elle m'invita chez elle et réchauffa des haricots cuits dans un plat de fonte, en y ajoutant du lard, des oignons et du sirop d'érable. Elle ne dépendait plus des coupons alimentaires des services sociaux fédéraux. Elle me raconta qu'elle avait toujours reproché à Angela sa fainéantise. Ma fille était une menteuse et une flemmarde, tout part de là, croyez-moi. Angela trouvait humiliant de s'user pour quelques sous. Que se passerait-il si elle croisait en chemin entre les belles villas des camarades d'école qui se moquaient déjà de ses vêtements de seconde main de l'Armée du Salut et de ses chaussures trop grandes ? Ils mimaient les gestes des toilettes à la brosse. Angela trouvait le travail harassant. Le père était mort en mer. Sa veuve s'échinait pour quelques billets. Elle ne voulait pas passer sa vie à récurer les chiottes des rupins. Elle s'était juré qu'elle ne prendrait que des boulots qu'elle jugerait intéressants, comme ceux des Barbies. Elle n'en avait jamais eu, mais continuait à admirer les nouveaux modèles en rayon au supermarché.

Pourquoi ne pas faire comme Barbie Baby Doctor, avec sa blouse verte et son stéthoscope rose, près de nouveau-nés, s'occuper des petits emmaillotés, prendre soin d'eux ! Pédiatre ?, se moquait sa mère, tu ne sais même pas faire tes multiplications, tu rêves ma pauvre ! Au moins, nettoyer, tu es certaine de ne jamais te retrouver au chômage. Il n'y a rien de plus simple : tu arrives, c'est sale, tu nettoies, c'est propre, tu repars, personne n'a besoin de te dire si tu as bien fait ton travail ou pas, tu le vois sous tes yeux.

Angela eût préféré feignasser toute la journée devant la télé. Pourquoi ne pourrait-elle pas être l'une de ces femmes au foyer des vieilles sitcoms rediffusées les après-midi, débordées par les commérages entre voisines en attendant le retour du mari pour lui servir un verre de scotch ? Leurs cuisines étaient toujours immaculées. Elles sortaient du four des gâteaux aux pépites de chocolat qu'elles servaient aux enfants avec un verre de lait. Quelques heures de charité leur donnaient bonne conscience. Pourquoi n'aurait-elle pas le droit à cela ? Sa mère levait les yeux au ciel.

Angela détestait que Rose lui présente un destin immanquablement médiocre. Il faudrait se contenter de peu, éviter de geindre, accueillir l'épuisement du labeur et le souci de la tâche accomplie comme des horizons enviables. Sa fille lui répondait qu'elle ne voulait pas de cette vie-là, cette vie de souillon juste bonne à trimer. Elle allait rencontrer un mari qui l'emmènerait vivre dans l'une de ces belles maisons. Un jour elle boirait du champagne devant la cheminée.

L'été de ses quinze ans, leurs disputes furent plus fréquentes. Quelques jours avant la fête du Travail qui marquait la fin de la saison, un incident mortifia Angela. Elle entra dans la salle de bains de l'une des chambres de la villa des Cawthorne sans avoir préalablement frappé à la porte. Elle surprit Ames. Elle n'avait pas vu le petit-fils de la maison depuis plusieurs saisons, quand il pédalait à toute vitesse à travers Camden en mimant des bruits de bolide. Il avait quelques années de plus qu'elle. Un été, à la fête foraine sur le port, il lui avait offert une barbe à papa. Elle n'en avait jamais mangé.

Ce n'était plus un petit garçon qui se séchait dans la douche recouverte de marbre blanc. Elle n'avait jamais vu un homme nu. Elle s'échappa en courant sans un mot, les joues brûlantes. Il sortit de la salle de bains avec une serviette rapidement serrée autour de la taille pour la rattraper. Elle s'était déjà enfuie dans l'escalier de service. Elle avait seulement remarqué que ses muscles étaient plus harmonieux que ceux des footballeurs de son lycée qui se bourraient de poudre protéinée. Ils étaient délicatement tracés. Son corps prolongeait sa classe.

Les jours qui suivirent, me raconta Rose, Angela prétexta des douleurs abdominales, des maux de tête. Sa mère l'obligea à la suivre dans sa tournée. L'été prit fin sans qu'elle croise à nouveau Ames Cawthorne. Sa Mustang 1966 olive n'était plus dans la cour lorsqu'elle passait la grille de la villa. Elle n'entendait que des échos de ses activités dans les conversations du personnel de maison, du voilier avec ses frères, du bénévolat à Saint-Thomas, de la course à pied car il préparait le marathon de Boston. Il allait entrer en droit à Harvard, comme son père, son grand-père et tous ceux dont le portrait ornait l'escalier de leur maison de Boston Common.

À l'approche de la saison suivante, l'été des seize ans, sa poitrine et ses hanches s'étaient arrondies. Elle les admirait dans le miroir de la salle de bains, ce qui ne faisait qu'accentuer sa mélancolie. Tout l'exaspérait, le lever le matin, le coucher le soir, les cours, ennuyeux, les amis, rares, sa mère, agaçante, Camden, perdu, l'avenir, flou. Tout la faisait soupirer. Elle ne sortait de son marasme qu'en regardant les émissions sur les célébrités de début de soirée. Elle chantait le générique de *Entertainment Tonight.* Ta-da-da-da-da-daaaa, ta-da-da-da-da-daaaa. Elle raccourcissait les coutures de ses hauts pour laisser entrevoir son nombril et s'affamait pour accentuer l'étroitesse de sa taille : plus de repas midi et soir, plus d'encas, plus de sodas. Elle tenait avec un unique PB&J, beurre de cacahuète et confiture entre deux tranches de pain de mie. Elle avait volé un tube de mascara au supermarché et en mettait sur le chemin de l'école.

Il faisait déjà chaud ces premiers jours de juin quand les cours prirent fin. Cette année-là, Angela ne réclama pas de rester traîner en pyjama devant la télévision quand sa mère la sortait du lit pour la tournée des ménages. Elle se brossait les cheveux avec application, comme si elle espérait les allonger, mettait un peu de crème teintée sur le visage pour éclaircir sa peau. À chaque occasion, elle vérifiait son allure, son visage, sa taille, ses fesses. Elle pinçait ses deux joues pour faire rougir ses pommettes et mordillait ses lèvres pour les rendre plus pulpeuses. Rose trouvait ces manies futiles. Au moins sa fille ne rechignait plus à travailler.

Les premières semaines, Angela n'aperçut pas la Mustang dans la cour des Cawthorne. Elle n'osa s'enquérir de l'éventuelle venue du petit-fils car la grand-mère l'intimidait, avec son casque blond qui aurait survécu à un ouragan. Elle laissait dans sa salle de bains une intense odeur de laque. Quand elle croisait Mme Cawthorne, le regard de la matriarche l'auscultait de haut en bas.

Le jour de la fête nationale, elle entendit quelqu'un monter le grand escalier en sautant les marches. Elle arrangea ses mèches, ses joues et ses lèvres et feignit la surprise en apercevant Ames. Ses cheveux étaient plus courts, peignés sur le côté. Il portait une chemise à rayures bleues sur un chino bien repassé et des mocassins entretenus avec soin. Après quelques échanges insignifiants sur le lycée, la fac, le récit de son projet humanitaire pour l'été au Honduras, car il n'était que de passage pour quelques jours à Camden, il l'invita à un barbecue le soir même sur une plage, pour voir le feu d'artifice. Rose lui donna une permission de minuit.

Elle avait glissé dans son sac une robe courte empruntée à une camarade du lycée et un tube de rouge à lèvres, celui que sa mère conservait dans le tiroir de la table de nuit et n'avait plus porté depuis la mort de son mari. Une heure après la fin du feu d'artifice, Rose entendit Angela entrouvrir la porte pour lui dire qu'elle était fatiguée et qu'elle allait se coucher. Elle remarqua qu'elle s'était parfumée.

Le lendemain matin, Angela refusa de se lever pour aller travailler. Sa mère la gronda car elle s'était endormie sans enlever son maquillage. Il avait coulé sur la taie d'oreiller, comme si elle avait pleuré. Tout l'été, elle traîna sa mauvaise humeur. Elle ne sortait que pour prendre l'air quand les disputes avec sa mère devenaient insupportables.

Fin août, alors qu'elle devait retourner au lycée, Angela lui annonça qu'elle n'avait pas eu ses règles. Elle lui raconta quelques bribes de la soirée du 4 Juillet. Il y avait eu de l'alcool, des cannettes de Bud Light et de Coors conservées dans des glacières à roulettes amenées jusqu'à la plage, puis des verres de plastique rouge pour des shots de vodka. Les citrons verts qu'il fallait mordre avant d'enchaîner les doses de tequila l'avaient dégoûtée, mais elle avait suivi la cadence.

Ames était resté assis près d'elle dans le sable. Il lui fit boire au goulot du bourbon d'une bouteille empruntée dans le bar du salon de sa grand-mère. Il lui avait caressé le dos, puis les hanches. En décrivant la scène à sa mère, Angela se mit à pleurnicher.

Les enquêteurs découvrirent la suite à Truth or Consequences, dans une boîte à chaussures où Angela conservait de vieux cahiers remplis de dessins griffonnés, de collages de célébrités découpées dans des magazines et de journaux à l'écriture ronde. Maître Benitez me fit passer les copies qui avaient été jointes au dossier de sa cliente. Il pensait que ces carnets au ton mièvre servaient sa démonstration. Je demandai à mon amie Madison de lire des passages des cahiers à mon micro pour un épisode. Je l'installai dans une penderie de la chambre de ma mère que je transformai en studio d'enregistrement, au son étouffé par les vêtements sur les tringles et les couvertures d'hiver pliées sur les étagères. Le journal racontait cette soirée du 4 Juillet.

Angela avait proposé à Ames de la suivre pour être plus tranquilles, loin des rires et des cris. À l'écart sur les dunes, elle l'avait embrassé comme elle s'était entraînée sur son oreiller. Elle avait pris sa main pour qu'il lui caresse la taille, les hanches, les tétons. Elle avait fait glisser sa culotte jusqu'à ses pieds en remontant sa robe, puis glissa sa main dans le bermuda de Ames, et le guida. Elle avait aimé cela, le sable collé sur les poils de sa peau, la respiration lourde, ses gestes, d'abord trop lents, tendres, puis plus saccadés. Elle encourageait sa vigueur. Elle se souvenait de quelques plans d'un film érotique sur cassette VHS qui avait fait ricaner de gêne quelques camarades de lycée réunies un après-midi après les cours. La femme gémissait, elle semblait avoir si mal qu'elle fermait les yeux, tout en souriant. Dans cette nuit de juillet, Angela avait pensé qu'il fallait faire de même, mais Ames l'embrassa pour la calmer, ralentit, effleura la peau dans son cou, autour de son épaule, le long de son bras puis de ses seins sur lesquels il posa ses lèvres avec délicatesse. Il se reposa sur le côté et reprit son souffle. Il rangea ses mèches en désordre. Ils regardèrent le feu d'artifice allongés sur le sable, main dans la main. Il l'embrassa encore. Sa petite vie médiocre, les ménages, et les reproches de sa mère, tout cela serait bientôt terminé, racontait Angela dans son journal. Ils repartiraient ensemble à Boston dans la Mustang olive. La grand-mère Cawthorne tiquerait. Comme dans un conte, le prince et la souillon. Elle imaginait déjà les couleurs de leur appartement, du jaune dans la cuisine, du rose dans la chambre, du blanc cassé pour la future chambre du bébé, et du rouge dans le salon, près de la cheminée, comme dans *Les Feux de l'amour*. Il y aurait toujours de la glace à la vanille et du vrai Pepsi dans le frigo. Ils se feraient livrer à manger en appelant les restaurants du quartier qui connaîtraient leurs habitudes. L'hiver ils iraient skier dans le Colorado ou l'Utah. L'été ils viendraient à Camden. Ils le laisseraient à la nounou pour aller à des dîners de galas. Elle baisserait les yeux, fausse timide. Les autres la jalouseraient.

Quand les derniers mortiers furent tirés, Ames la raccompagna, laissa un baiser sur sa joue, et lui demanda comme un service de rester discrète. Il allait partir pour son séjour humanitaire avec sa fiancée, une camarade de l'université, une fille de Virginie dont le père était chef de quelque chose au département d'État. Il s'excusa d'avoir été entreprenant avec elle, c'était à cause de l'alcool, qu'elle ne lui en veuille pas. Nous avons passé un bon moment tous les deux. Cela restera entre nous, ce sera notre secret, Angela.

Elle bafouilla. Elle lui mentit en prétendant qu'elle aussi avait un petit ami au lycée. Elle ne dirait rien.

Dans les semaines qui suivirent, Angela devina qu'elle était enceinte. Elle n'envisagea pas d'aller acheter un test à la pharmacie. On la reconnaîtrait. Elle n'en avait pas besoin. Elle savait ce qu'elle devait faire. Son esprit immature fonctionnait en évidences et conséquences : si elle s'était convaincue qu'une évidence s'imposait, elle en tirait une conséquence qu'elle pensait inévitable.

Elle ne pouvait avorter. Elle avait en tête les images de fœtus que des camarades du lycée glissaient dans les casiers pour promouvoir leur groupe religieux appelé Éveil à l'Amour. Elle allait donc garder l'enfant.

Elle ne pouvait abandonner ce bébé. C'était son bébé, son sang, sa chair. Elle allait donc élever cet enfant.

Elle ne voulait pas en parler à Ames. Il n'y a que dans les films que le jeune premier renonce à sa réputation, son mariage et sa carrière pour s'occuper d'une pauvre fille engrossée sur la plage un soir de tequila-bourbon-vodka, la gamine qui nettoie les chiottes de sa grand-mère. Elle n'allait pas vendre son silence pour quelques billets. Elle allait donc élever cet enfant seule.

Elle ne pouvait pas raconter la vérité. Elle connaissait la cruauté des villages. Elle serait la fille facile, ou pire, la pauvrette suspectée d'avoir piégé le gosse friqué pour assurer son avenir. Elle devait donc mentir.

Tout cela, elle le détaillait dans son journal où elle imagina une histoire pour Rose en s'inspirant d'une scène vue dans un téléfilm. Ames lui avait proposé d'aller à l'écart du groupe, dans les dunes. Elle s'était laissé embrasser, mais il avait soulevé sa robe et baissé brutalement sa culotte. Elle avait tenté de le repousser. Il avait tenu sa gorge contre le sable pendant qu'il la violait. Il avait couvert sa bouche de son épaisse main quand elle s'était mise à crier. Elle avait pleuré, en rentrant seule à la maison. C'est cela qu'elle raconta à sa mère, le fils de famille qui viole la fille de la bonne, l'histoire banale d'une soûlerie nocturne dans une station balnéaire.

Sa mère la prit dans ses bras, lui caressa les cheveux pour la consoler. Elle ne savait pas si elle disait la vérité. Elle insista pour que sa fille porte plainte. Angela prétexta la honte, les qu'en-dira-t-on chez les bourgeois de la ville qui ne les feraient plus travailler. Elle ne voulait pas aller à la police, encore moins réclamer de l'argent.

Rose lui répéta ce que lui avait dit le prêtre de sa paroisse auquel elle avait demandé conseil dans le secret de la confession, que l'avortement n'était pas immoral en cas de viol. Elle pourrait le payer. Elle l'accompagnerait à la clinique. Elle l'aiderait. Tout se passerait bien. Comment allait-elle faire des études ? Vivre la vie d'une jeune fille de son âge ? Rencontrer un garçon et se marier ? Angela ne l'écoutait déjà plus.

Sa mère continua à travailler chez les Cawthorne avant qu'ils ne ferment la villa pour l'hiver. Angela retourna au lycée. Lorsque son ventre grossit, elle devint la cible des moqueries de ses camarades. Des garçons la croisaient dans les couloirs en mimant une fellation avec un mouvement coordonné de la main et de la langue contre la joue. Les ricanements cessèrent lorsqu'elle confia lors de l'arbre de Noël à une camarade bavarde qu'elle avait été violée pendant l'été par un policier. Elle ne pouvait porter plainte, elle n'avait pas de preuves. Elle ne revint pas après le Nouvel An. Elle prétexta des malaises et des douleurs atroces qui intriguèrent les médecins. Ils ordonnèrent un alitement pour les derniers mois de la grossesse.

Angela demandait à sa mère de ramener des litres de glace à la vanille qu'elle engloutissait dans un bol recouvert de sirop de chocolat qu'il fallait acheter par grandes bouteilles.

Angela prit un poids considérable, comme si elle voulait envelopper son enfant sous un amas de graisse. Elle passait des heures repliée en position fœtale dans sa chambre repeinte de rose pour le bébé. Les murs, le plafond, les rideaux, le petit lit récupéré à la paroisse, tout était rose. Elle voulait protéger son bébé, sa princesse, son cœur. Personne ne pourrait lui faire du mal.

Début mai, alors que les grandes familles revenaient au village pour la saison, Angela accoucha dans la maternité de Rockport. Elle voulait appeler sa fille Cendrillon. Quand Rose alla la déclarer à l'officier d'état civil, il leva les yeux vers elle et fronça les sourcils en entendant ce prénom pas très chrétien. La grand-mère proposa le diminutif Cindy, qu'il accepta.

Les infirmiers et aides-soignantes apportèrent un soin particulier à cette adolescente qui avait choisi de garder son enfant. Pendant la phase de travail, Rose l'avait entendue raconter à une sage-femme, qui lui demandait si le père allait arriver, qu'elle avait été violée par un touriste canadien. Pourquoi mens-tu encore ?, l'interrogea sa mère.

Le matin de la sortie prévue de la maternité, Angela signala au médecin qu'elle avait remarqué une respiration anormale de Cindy pendant la nuit. Elle pensait que son bébé était en apnée et sonna à plusieurs reprises. L'interne ne prit aucun risque, garda la mère et l'enfant en observation une nuit de plus, puis deux. Quand il fallut partir, elle le supplia de lui donner son numéro de téléphone qu'elle pourrait composer s'il y avait un problème. Angela l'appela la nuit suivante.

Il venait de s'endormir après une longue garde. Le bébé ne cessait de pleurer et de vomir. Il la rassura, c'était normal.

À l'aube, elle se présenta avec Rose aux urgences. Elle avait consulté les sites médicaux toute la nuit. Le bébé dormait tranquillement dans ses bras. Elle sortit de sa poche une feuille de papier où elle avait énuméré les symptômes de l'œsophagite. L'interne de service lui répéta qu'il ne s'agissait que de reflux anodins. Rose les raccompagna.

Elle dut les conduire à nouveau à l'hôpital le lendemain matin, puis le suivant, et encore le surlendemain. Rose ne cessait d'annuler sa tournée de ménages. Elle proposa à Angela de s'occuper toute une nuit du bébé, qui semblait plus calme avec elle. Refus de sa fille. À l'aube, tout semblait paisible. Cindy dormait. Angela s'était assoupie sur la chaise à bascule de la chambre. Rose partit travailler. Deux heures plus tard, elle reçut un message de sa fille. Elle avait appelé le numéro d'urgence 911. Une ambulance arrivait. Le nourrisson vomissait du sang. Les examens furent rassurants. L'hôpital la garda en observation, alimentée par des tubes le long de sa gorge. Angela avait lu que certains bébés devaient être nourris par une sonde gastrique. Les médecins jugèrent que cela ne serait pas nécessaire dans son cas. À la fin de la semaine, la mère et l'enfant revinrent en taxi aux urgences. Les autres patients s'indignèrent auprès du personnel de garde que cette mère et son bébé ne soient pas pris en charge immédiatement.

Les jours et les semaines passèrent ainsi. Angela se présentait en détaillant un nouveau symptôme. Elle avait remarqué que l'enfant se tortillait en ramenant ses bras contre son ventre gonflé et dur. Ses gaz étaient plus fréquents et odorants. Ses selles de couleur atypique. Il fallait d'urgence lui poser une sonde gastrique sur l'abdomen. C'est la seule solution pour que cet enfant ne meure pas, je vous en supplie ! Elle vomissait presque tout de ce qu'on lui donnait à manger. Elle ne prenait pas suffisamment de poids. Elle va mourir si on ne fait rien, docteur, elle va mourir. Lorsque Cindy passait une nuit en observation, elle s'alimentait et digérait comme un bébé en bonne santé. Les médecins ne comprenaient pas pourquoi elle ne retenait pas la nourriture à la maison. À neuf semaines, elle subit une opération à l'estomac pour limiter les vomissements.

Angela ne désarma pas. Tout cela n'était pas suffisant. Elle répétait qu'il lui fallait une sonde. Elle se rendit dans différents hôpitaux de la région. Elle créa une page Yahoo pour raconter que son enfant était en danger de mort parce qu'aucun hôpital n'acceptait de payer l'opération indispensable pour que sa fille survive. Elle avait posté des photos du bébé hurlant sous le titre *Aidez-moi à sauver ma princesse.* Le *Courier-Gazette*, l'hebdomadaire de Rockland, un peu plus bas sur la côte, publia un papier. Angela reçut des dizaines d'enveloppes avec des chèques. Quatorze mille trois cent quarante-deux dollars en tout. L'un d'entre eux avait été envoyé par l'épouse d'un chef de service pédiatrie d'une clinique de Portland qui se laissa convaincre de lui poser une sonde abdominale. Cindy n'avait pas encore dix mois lorsqu'elle fut opérée pour la seconde fois.

Dans les années qui suivirent, Rose s'interrogea sur les otites à répétition, les déshydratations sévères qui ramenaient sa petite-fille à l'hôpital plusieurs fois par mois. Angela s'était persuadée que les inflammations et symptômes divers révélaient des problèmes de peau et des allergies alimentaires contraignantes. Pas de lait de vache, pas d'œufs, donc pas de gâteau pour l'enfant. Les vomissements, la toux et les selles irrégulières n'étaient-ils pas des signes avant-coureurs de maux terribles ? Rose reprochait à sa fille d'imaginer le pire à force de remplir des fiches cartonnées sur ses recherches Internet. Il y en avait des centaines dans sa chambre près du berceau, rangées par couleurs dans des boîtes en carton achetées chez Staples. Elle dut se taire lorsque la fibrose kystique fut confirmée par des examens qui révélèrent un taux de sodium anormalement élevé dans le sang. Tu vois, je ne mens pas, répondit sa fille sur un ton victorieux dans le couloir de l'hôpital où le bébé avait été héliporté. De tels niveaux de sodium peuvent être mortels, provoquer des convulsions et un œdème cérébral, confirmèrent les médecins. Rose comprit bien plus tard qu'Angela versait du sel à la cuillère dans la sonde abdominale.

Elle ne laissait jamais l'enfant sous la surveillance de sa grand-mère qu'elle alertait sans cesse sur les risques de mort subite. Quand Cindy tentait de se redresser, Angela la prenait dans ses bras pour la reposer très vite sur le dos. Elle cousit une grenouillère attachée au berceau pour l'empêcher de se retourner. Elle anticipait des spasmes musculaires dans les mouvements saccadés et maladroits de cette enfant bien trop souple et fragile pour être laissée seule à jouer par terre. C'est de l'hypotonie, clama un matin la jeune mère en brandissant un paquet de fiches remplies après une nuit de recherches en ligne. Hypotonie, un symptôme du syndrome de Prader-Willi ! Comme elle craignait que l'enfant ne devienne obèse en raison de cette malformation génétique, elle réduisit drastiquement son alimentation. Elle n'en parut que plus frêle. Hypotonie, un symptôme de paralysie cérébrale !, répétait Angela. L'enfant ne pourrait jamais marcher.

Pourtant Cindy souriait. Son visage s'éveillait lorsqu'elle apercevait sa grand-mère au retour du travail. Rose devait se contenter des regards et des grimaces pour communiquer avec sa petite-fille que ne lâchait jamais Angela. Elle restait regarder la télé dans sa chambre l'essentiel du temps. Un matin du deuxième été, alors qu'elle prenait un bain, Rose libéra l'enfant de son berceau, la souleva dans ses bras, et la fit sortir dans le carré de jardin. Elle la posa sur la pelouse. Cindy toucha de ses mains l'herbe fraîche qui salit ses genoux lorsqu'elle avança vers sa grand-mère. Elle lui demanda si elle sentait l'odeur du sel dans l'air. Le léger vent d'est de l'océan souleva ses mèches. On entendit des rires. Elle s'accrocha à la paroi en bois d'une jardinière et se redressa, debout, avant de retomber sur son postérieur. Encore des rires, encore et encore. Ils furent interrompus par les hurlements paniqués d'Angela à la fenêtre.

Malgré l'évidence, la mère continuait à évoquer un risque de paralysie cérébrale sur sa page Yahoo. Les quelques centaines d'internautes qui suivaient les malheurs de Cindy alimentaient une cagnotte à chaque mauvaise nouvelle. Angela leur expliquait que l'état de santé de sa fille l'empêchait de chercher du travail. Il avait fallu acheter un véhicule indispensable pour les centaines de miles d'un hôpital à un autre, entre ses huit, douze, quinze médecins. Angela parlait avec autant de termes savants qu'un interne en pédiatrie.

Leurs disputes devinrent plus fréquentes au fil des ans, toujours sur l'état de santé de l'enfant. Rose s'agaçait qu'Angela traite Cindy comme une poupée de porcelaine. Les examens incessants et les bilans sanguins devinrent insupportables. L'aiguille terrifiait la petite fille. Ses hurlements alimentaient de nouvelles querelles entre la mère et la fille.

Rose s'inquiétait des déshydratations à répétition de Cindy. Les fièvres impressionnantes les conduisaient à l'hôpital. Angela lui faisait boire des litres, de force s'il le fallait. L'enfant devait terminer une pinte remplie d'eau minérale avant d'être autorisée à jouer. Angela s'était convaincue que Cindy souffrait d'infections urinaires chroniques. À chaque fois qu'elle sortait des toilettes, elle lui demandait si ça brûlait. Quand Cindy répondait non, elle insistait. Elle trouva un médecin qui décida d'enlever le rein gauche de Cindy. Il ne s'était pas aperçu que les résultats d'examens avaient été falsifiés par Angela. L'enfant n'avait pas encore fêté son quatrième anniversaire.

Quand elle découvrit qu'un organe avait été enlevé, Rose eut une dispute violente avec sa fille dans un couloir de l'hôpital. Elle fut empêchée de voir le chirurgien par les agents de sécurité appelés en renfort par des infirmiers. Angela avait prévenu que sa mère était déséquilibrée. Il fallait la tenir éloignée. Chacune menaça l'autre d'appeler la police.

Quelques jours plus tard, Angela remplit la Dodge Intrepid avec toutes leurs affaires, y compris de la vaisselle, des draps, des serviettes, et des conserves des placards, et prit la route vers le sud, jusqu'à la Floride. Dans le Massachusetts, le New Jersey, le Maryland, la Caroline du Nord, puis la Géorgie, Cindy la supplia de s'arrêter dans un magasin Cracker Barrel au décor de western. À chaque fois, elle sanglotait pour ne pas repartir. En plein été, les rayons étaient déjà décorés en noir pour Halloween, orange pour Thanksgiving et rouge pour Noël. Pour la calmer, Angela lui acheta une boule verte et dorée pour sapin où était écrit *Amour, Foi, Famille*. Quand est-ce qu'on va revoir grand-mère ?, demanda la fillette à chaque étape nocturne dans des motels sur le chemin.

Quatre années plus tard, l'ouragan arrangea les affaires d'Angela. La dévastation servit d'excuse pour fuir la Floride. Elles y vivaient chichement. La paroisse qui les avait accueillies lui fournissait les bons alimentaires pour ses courses, prenait en charge les frais de la caravane et lui avait acheté une Chevrolet Venture d'occasion avec rampe amovible. Depuis leur arrivée, Cindy ne se déplaçait plus qu'en fauteuil, en raison d'un cas mystérieux de paralysie cérébrale. Les otites, les vomissements, la sonde abdominale, les déshydratations, les maux de tête, toutes les inquiétudes des premières années semblaient bien anodines au regard des complications qui s'étaient rajoutées. Les infections urinaires n'avaient pas cessé. Une maladie de la peau l'obligeait à rester dans la caravane pour échapper au soleil. D'autres troubles génétiques avaient été détectés sans que soient mesurées les potentielles conséquences qui seraient considérables. Il avait fallu lui arracher plusieurs dents et enlever deux glandes salivaires. Sa mère avait badigeonné ses gencives de gel anti-inflammatoire pour la faire baver excessivement lors d'un rendez-vous avec le chirurgien. Elle devait depuis déglutir bruyamment pour éliminer l'épaisse salive, ce qui impressionnait toujours ceux qui la rencontraient pour la première fois. Angela demandait aux médecins si une opération à cœur ouvert n'était pas inévitable pour régler ses problèmes d'arythmie cardiaque. Elle l'avait lu sur Google.

Angela racontait à ceux qui lui demandaient des nouvelles que Cindy ne s'était jamais remise d'une leucémie lymphoblastique qui l'avait affaiblie. Elle était souvent épuisée, sonnée. Ces phases de grande détresse n'étaient interrompues que par des pulsions agressives, brèves mais intenses. Elle a le diable en elle, disait sa mère.

Quand quelqu'un au supermarché ou à la paroisse l'interrogeait, Angela prenait un air grave pour évoquer les suites d'un œdème cérébral. Elle tournait le dos à Cindy et mimait avec ses lèvres les syllabes d'un mot interdit. Re-tar-dée. Elle est retardée. Les interlocuteurs compatissaient dans une grimace. Si c'était un médecin qu'elle avait en face d'elle, Angela racontait que Cindy avait échappé à une mort encéphalique par hypertension intracrânienne, avec des séquelles neurologiques psychomotrices de long terme handicapantes. La mère étalait ses mots savants comme une bourgeoise enfile ses perles.

Les médecins pensaient calmer ses angoisses en lui annonçant des résultats d'examens rassurants. Angela prenait note, et allait voir tel ou tel autre spécialiste, à quelques dizaines ou centaines de miles. Elle allait chercher des oreilles plus attentives à Orlando, Jacksonville, Tampa, Port-Saint-Lucie, et Miami. Chacun d'entre eux ne s'occupait que d'une partie des maux de la petite fille ou de leurs conséquences.

Angela payait ses factures grâce un compte financé par les donations collectées par la paroisse. Les fidèles étaient généreux avec cette femme si dévouée pour son enfant qu'elle ne pouvait travailler. Quand le banquier ou tel ou tel créancier réclamait des paiements en retard, Angela déroulait son décompte. Nous en sommes à trois cent trente-neuf visites à l'hôpital depuis sa naissance. Bientôt trois cent cinquante. Si cela continue elle sera à mille quand elle deviendra adulte. Si elle survit jusque-là, évidemment. Angela rapprochait ses mains, les yeux vers le ciel.

Elle fut agacée de recevoir une demande de rendez-vous avec la nouvelle cheffe de service de l'un des hôpitaux où Cindy était régulièrement suivie. Elle préférait traiter avec des soignants qui les connaissaient, pour ne pas avoir à répéter sans cesse l'historique de leurs tourments. Sofia Vargas venait de prendre la tête du service de pédiatrie d'un hôpital d'Orlando. Lorsqu'elle m'accueillit avant le procès, elle me raconta qu'elle avait choisi de quitter les vents froids de Chicago, après ses études à Northwestern, pour se rapprocher de sa mère âgée dans le quartier portoricain où elle était née. En examinant les comptes du service, elle s'arrêta sur une série de consultations, une flopée d'examens, et une quantité exceptionnelle de médicaments qui n'étaient pas facturés à la famille d'une patiente. Il n'était pas rare que les services hospitaliers se montrent généreux avec des adultes sans revenus et sans assurance santé. Cette situation était inhabituelle dans des services pédiatriques. La couverture santé des enfants de familles dévalorisées était prise en charge par l'assurance maladie financée par les États et le gouvernement fédéral. Elle interrogea le pédiatre qui suivait Cindy depuis quatre ans. Le docteur Walsh n'était ni cancérologue ni neurochirurgien ni gastro-entérologue, il n'avait mené aucune opération sur l'enfant mais la suivait, prescrivait des examens, et des dizaines de médicaments pour Cindy qui étaient délivrés par la pharmacie de l'hôpital. Il expliqua à sa nouvelle cheffe de service, qui avait l'âge d'être sa fille, que c'était plus simple pour Angela Groff. Elle était seule pour s'occuper de sa petite, avec beaucoup d'abnégation, dans une caravane sur la côte. Pourquoi la contraindre à faire des centaines de miles de route à travers la Floride afin de renouveler des prescriptions pour des maladies chroniques d'une fillette qui n'avait que quelques années à vivre ? Face aux questions de Vargas, Walsh s'indigna. Il n'avait pas fait ce métier pour enrichir les actionnaires d'un groupe hospitalier et acheter une nouvelle voiture, une nouvelle villa, ou une séance de Botox à sa nouvelle femme. Il se levait chaque matin depuis trente-sept ans pour sauver des vies et aider ceux qui en avaient le plus besoin. Il pensa clore le débat en citant l'Évangile de Matthieu : « Guérissez les malades, ressuscitez les morts, purifiez les lépreux, chassez les démons. Vous avez reçu gratuitement, donnez gratuitement. »

Sofia Vargas n'était pas chamboulée par les scrupules d'un vieil Irlandais qui craignait de se faire tancer le jour où il se présenterait devant saint Pierre. Elle voulait comprendre pourquoi une enfant pouvait se voir prescrire autant de médicaments, dont des antidépresseurs et des somnifères en doses massives. Elle convoqua Angela et Cindy pour un bilan complet.

Elle fut frappée par la peau grise et le visage émacié de la petite fille. Elle faisait cinq-six ans alors qu'elle en avait huit. Pendant que Cindy jouait avec une poupée, Angela déroula à la cheffe de service toute l'histoire, depuis les vomissements à la naissance jusqu'aux craintes nouvelles d'une déformation cardiaque. C'était sa trois cent trente-neuvième visite dans un hôpital. À ce rythme elle serait à mille avant l'âge adulte, répétait la mère. Si elle survit jusque-là, chuchota Angela, en faisant comme d'habitude un geste de prière de ses mains, le regard vers le plafond.

Vargas attendit la fin de ce petit numéro pour lui annoncer qu'elle allait garder Cindy pendant deux nuits, le temps de lui faire passer des examens. Elle réserva un lit pour Angela dans un bâtiment mitoyen pour les parents d'enfants malades. En dépit de ses protestations, il lui serait impossible de dormir dans la chambre du service pédiatrique comme elle en avait l'habitude. Angela s'indigna qu'une inconnue prétende savoir mieux qu'elle ce dont souffrait sa fille. Les appels au Dr Walsh n'y changèrent rien. Elle fit mine de partir mais la cheffe de service l'interrompit en lui demandant benoîtement ce qu'elle craignait de découvrir.

Les premiers résultats établirent que Cindy souffrait de nombreuses carences alimentaires qui expliquaient son retard de croissance. Aucun dommage cérébral, aucun trouble cardiaque, aucun signe d'un retour d'une quelconque leucémie, aucun lymphome de Hodgkin, aucune dystrophie musculaire, aucune anomalie génétique ne furent détectés. Le Dr Vargas ne fut pas surprise de trouver les traces des antidépresseurs et des anxiolytiques prescrits par Walsh. Le lithium suggérait que la petite fille prenait aussi des stabilisateurs d'humeur comme si elle souffrait de troubles maniaco-dépressifs. Les traces de sodium anormalement élevées expliquaient les troubles urinaires et les déshydratations en série. Un tel niveau était incompréhensible pour la cheffe de service. Une alimentation trop salée ne suffirait à l'expliquer. Il eût fallu que l'enfant avalât du sel à la cuillère matin, midi et soir pour atteindre de telles quantités dans son sang.

Elle décida de garder Cindy en observation une semaine entière, afin d'évaluer les effets de ses traitements. Angela protesta. Elle ne voulait pas qu'on retienne sa fille. Elle détestait le ton suspicieux de cette docteure qui croyait mieux savoir que les autres. Elle avait répondu sur un ton agacé aux questions précises de Vargas qui l'interrogea encore et encore sur les différentes crises, les dates, le suivi médical, demanda des précisions sur des examens et proposa de concentrer tous ses traitements dans un seul établissement. Elle était indignée que ses larmes n'aient pas ému la cheffe de service qui avait accroché dans son bureau repeint à neuf ses diplômes prétentieux d'universités du Nord. Angela menaça d'appeler les services sociaux de l'État de Floride. Allez-y, lui répondit la médecin, eux pourront remettre de l'ordre dans vos petits arrangements. Si vous ne le faites pas, j'aurai le plaisir de m'en charger.

La mère demanda quelques jours de délai. Cindy devait se rendre au barbecue de la paroisse qui soulevait des fonds pour elle. Elle en parlait depuis le début de l'été et se faisait une joie de porter sa robe de princesse. Sa fille serait bouleversée si un nouveau séjour à l'hôpital devait la priver de ce bref moment d'allégresse.

Sofia Vargas accepta. Ce répit lui laisserait le temps d'obtenir les réponses détaillées des médecins successifs à plusieurs centaines de miles à la ronde. Elle avait même contacté la maternité dans le Maine.

Angela reprit la route d'Orlando à Melbourne. Elle était presque vide dans ce sens, bouchée dans l'autre. Les habitants suivaient les consignes des autorités et évacuaient la côte à l'approche d'un ouragan qui s'annonçait dévastateur. « Si vous avez reçu l'ordre d'évacuer, vous devez partir maintenant. Pas ce soir, pas dans une heure, maintenant », avait annoncé à la télévision le gouverneur lors d'une déclaration solennelle, dans un blouson des services de secours. « Ne prenez pas de risque. Le temps presse. Il n'y a aucune excuse. Êtes-vous prêt à risquer votre vie ? Êtes-vous prêt à tout risquer sur un pari ? Vous devez partir. »

Avant d'entrer pour la première fois dans le Sunset Desert, il me fallut emprunter sur plusieurs miles une route tracée comme une droite dans l'étendue poussiéreuse. Elle passait par-dessus des collines et des cratères d'une ancienne mine. De loin, ce parc privé avait l'air d'une île à l'écart du monde, aucune autre habitation à l'horizon, seulement ces villas entourant un golf si vert que le gazon naturel semblait factice dans cet environnement lunaire. Le parc était clos par un épais mur d'enceinte surmonté de tourelles. Chacun devait se présenter à la guérite de l'entrée. Un agent en polo vérifia sur un iPad si j'avais bien été au préalable inscrit par un copropriétaire. Les dizaines de journalistes qui avaient installé le long de la route des points de direct sous des auvents blancs pour se protéger du soleil se demandèrent pourquoi ce podcasteur en chemisette était convié dans cette enceinte où les résidents refusaient de répondre à leurs sollicitations. Quand la barrière rouge et blanche se leva, une large grille surmontée du nom du parc en lettres argentées s'ouvrit sur l'allée intérieure baptisée Sunset Boulevard. La circulation était limitée à dix miles par heure, moins que la vitesse des voiturettes de golf qu'utilisaient les employés.

Linda Garofalo, qui occupait l'emplacement 16, avait répondu à mon courriel adressé à tous les résidents pour une demande d'entretien. Elle connaissait mon nom depuis que sa fille, installée dans l'Oregon avec son mari, lui avait fait découvrir des podcasts d'histoire criminelle. Elle en écoutait plusieurs heures par jour, sans lâcher ses oreillettes antibruit, en faisant la cuisine, la vaisselle, le jardinage, et quand elle voulait échapper aux conversations aigres avec son mari Larry.

Nous discutâmes brièvement au téléphone. Elle m'invita à boire un café avec elle l'après-midi. Elle me garda pour le dîner, le temps qu'elle me raconte les histoires des résidents qui avaient offert à Angela et sa fille malade le lot vacant.

Il y avait les Kilmeade du lot n° 13. Ils avaient fait creuser une large piscine et un patio surmonté d'un auvent avec une grande table de dix personnes. Ils ne sortaient jamais à l'extérieur, ni pour se baigner ni pour dîner. Il faisait bien trop chaud.

Sally Eisner du lot n° 21 remplissait son coffre de cartons de bouteilles d'alcool vides avant l'aube pour aller les décharger en ville.

Hal Calabrese du n° 15 regardait des films porno la nuit dans son salon quand sa femme dormait à l'étage.

Les Laskos gardaient leur argent dans un coffre-fort. Ils n'avaient pas confiance dans les banques, et avaient planté dans leur jardin une photo menaçante où ils posaient avec leurs fusils mitrailleurs AR-15. Il était écrit *Attention, nous sommes armés et prêts à défendre la vie et la propriété au nom de Dieu et de l'Amérique*.

Angela Groff, qui avait l'âge d'être la fille ou la petite-fille des autres résidents, ne s'était jamais vraiment mêlée aux caquetages. Elle entendait l'écho des rumeurs lors de bavardages de courtoisie avec les voisines qui venaient prendre des nouvelles. Elle évitait de butiner de maison en maison, préférant rester derrière ses murs roses avec sa fille.

Phyllis Pirro du lot n° 3 nous rejoignit sous le patio après un appel de Linda Garofalo. Elle me raconta qu'elle avait invité Angela à boire un thé glacé un après-midi sur son perron décoré de fleurs araignées mauves et de succulentes de toutes formes. C'était deux ou trois ans après la construction de la maison rose. Après quelques banalités et cancans innocents, elle avait demandé à Angela pourquoi elle ne se joignait pas aux rassemblements du country club et n'avait jamais invité les voisins pour une soirée, ou un goûter. Chacun achetait bien des bonbons d'Halloween pour la tournée de Cindy, la seule enfant de Sunset, qui roulait ce soir-là de maison en maison en robe de Cendrillon. Il ne faudrait pas que les gens commencent à croire que vous avez quelque chose à cacher, avait ajouté Phyllis en baissant la voix, sur un faux ton complice. Il y a ceux qui disent que Cindy va mourir prochainement, d'autres que c'est vous qui allez mourir, et Dieu sait ce qui arrivera à cette pauvre petite fille. Patty Singer, la plus imaginative des commères, se demandait même si Cindy était vraiment malade car elle prétendait l'avoir vue danser à travers la fenêtre de sa chambre alors qu'elle promenait son labrador. Phyllis Pirro avait ajouté qu'il ne fallait pas croire la Singer qui buvait du rosé de Californie dès le déjeuner dans des fûts en plastique. Elle avait suggéré à Angela d'être plus chaleureuse avec les voisins du Sunset Desert qui les avaient généreusement sorties de leur condition misérable. Angela avait cédé. Une soirée de charité autour d'un barbecue avait été organisée pour récolter quelques dollars. Il avait fallu emprunter un grill au gaz aux Finnerty. Rob, le mari, s'était proposé d'être en charge de la cuisson. La mère et la fille avaient rempli le grand chariot au Walmart : des épis de maïs, des saucisses et des petits pains blancs pour les hot-dogs, une bouteille pressable de moutarde de Dijon goût Chardonnay, des crevettes sous vide déjà nettoyées au rayon surgelés, des marshmallows qu'elle ferait rôtir dans le foyer du jardin sur des épaisses broches à trois dents qu'elle acheta au rayon barbecue. Le ticket d'entrée fut fixé à vingt dollars. Cindy avait eu l'idée de vendre du pop-corn en sachets pour cinq dollars et le verre de citronnade pour deux dollars. L'invitation photocopiée et glissée dans les boîtes aux lettres avait annoncé que l'argent récolté devait financer le nouveau traitement pour ses problèmes d'articulation. À six heures du soir, tous les voisins étaient déjà arrivés. Ils avaient tous glissé un billet supplémentaire dans le seau tendu par Cindy.

Le jardin était trop petit. La fête avait débordé sur la chaussée de Sunset Boulevard. Angela avait accroché des lampions et jouait KBZU, la radio country d'Albuquerque, sur le haut-parleur de la chaîne hifi. Les hommes étaient restés autour du barbecue en buvant des Bud Light sorties d'une glacière. Ils avaient parlé de politique et d'un invité chez Sean Hannity sur Fox la veille qui avait dit que le président Obama volait les Américains avec sa nouvelle couverture santé pour les travailleurs pauvres. Il n'a rien à faire dans notre vie, notre famille, avaient surenchéri les voisins, nous voulons pouvoir nous soigner comme nous le voulons, pas comme Barack Hussein Obama l'aura décidé. Ce ne sont plus les démocrates de notre enfance, s'était désolé Doug Kleckner qui avait grandi dans une ferme du Mississippi avant d'être déployé près d'Hanoï. Il le rappelait à ceux qui l'ignoraient en portant une casquette *Vietnam Veteran*. Il en avait une verte, une noire, une bleue, et une couleur camouflage, toutes fabriquées au Vietnam. Comment ce bel État du Nouveau-Mexique, la terre de l'enchantement vantaient les brochures touristiques, pouvait-il désormais voter démocrate ? Tim Blot avait pointé le goulot de sa bière vers Guadalupe Hicks, la seule latina de Sunset. Ses quinze ans d'écart avec son mari occupaient les discussions de fins de soirée au country club. Il avait acheté un nouveau sachet de pop-corn à Cindy. C'est à cause de ces gens-là qu'on n'a plus assez d'argent pour aider les vrais Américains qui en ont besoin, s'était plaint Blot, vous vous rendez compte, cette pauvre petite fille doit vendre du pop-corn pour payer les soins et apaiser sa douleur ! Merci président Obama !

Lynn Griek, Sherry Winberg et Vicki Kleckner n'aimaient pas quand leurs maris parlaient politique. Certaines avaient voté démocrate sans oser le dire à leur époux, à leurs fils, et encore moins à leurs voisins. Elles évitaient les conversations à ce sujet. Les trois s'étaient installées sous le porche avec Angela. Aimait-elle sa nouvelle vie à Sunset ? Et le père, où était-il ? Angela avait raconté qu'elle avait été violée par un professeur d'anglais qui était aussi l'entraîneur de l'équipe de base-ball du lycée. Il était charismatique. Les jeunes filles commentaient ses mèches bouclées et ses chinos ajustés. Personne ne l'avait crue. Elle avait dû quitter le lycée. Oh ma pauvre. Où était-ce ? En Floride, oui c'était en Floride. Pas de famille ? Une mère, elle a de graves problèmes mentaux, des troubles de la personnalité, elle a été diagnostiquée mythomane par des psychiatres et j'ai dû couper tous les ponts avec elle car ses troubles du comportement mettaient en danger la vie de Cindy. J'étais seule, sans ressources, avec un bébé malade. Oh la vie ne vous a pas fait de cadeaux, vous avez tellement souffert, maintenant vous n'êtes plus seule, nous sommes là, avec l'aide du Seigneur. Il faut vous trouver un mari ! Chacune avait évoqué un neveu, un prof de yoga ou un garagiste célibataires. Vous êtes encore une femme jeune. À la paroisse vous n'avez rencontré personne ? Quelle abnégation quand même, quel courage, quel travail ! Parce que c'est un travail, n'est-ce pas Vicki ! S'occuper de la petite fille, pour la laver, pour aller aux toilettes. Vous ne lui mettez pas de couches ? Moi je ne pourrais pas, c'est simple je ne pourrais pas. Rappelez-nous de quelles maladies elle souffre, parce qu'il y en a tellement que je m'y perds. À chaque nom de maladies qu'elle avait citées, la leucémie, le lymphome de Hodgkin, l'hémophilie, la dystrophie musculaire, et les autres, les trois voisines avaient pris un air compatissant comme si elles avaient été devant un vieux chien malade que ses maîtres envisageaient de piquer.

En attendant son hamburger aux oignons grillés, Sherry Winberg était allée voir Cindy, qui jouait seule à l'arrière de la maison avec le chiot des Wald sur ses genoux. Tu aimes les chiens ? Elle n'en avait jamais caressé. Tu voudrais avoir un chien ? La shih tzu blanche à taches brunes de sa fille allait avoir une portée, voulait-elle en avoir un ? Oui oui, s'était écriée Cindy. Elle avait hélé sa mère, en conversation sous le porche. Maman, on peut avoir un chien ? Sa mère lui avait fait les gros yeux. D'un signe de la bouche elle lui avait demandé de se taire. Maman ! Angela s'était levée, avait menacé Cindy de la main, les dents serrées. Le ton agressif d'Angela et le regard inquiet de Cindy avaient figé la scène. Kelly Olson avait jeté un coup d'œil à Kendall Pratt. Cette main tendue confirmait l'une de leurs conversations précédentes.

Quelques larmes avaient coulé sur la joue de Cindy. Sherry Winberg s'était assise à côté d'elle, lui avait enlevé sa calotte tricotée et avait passé la main sur son visage pour la consoler. C'était de sa faute, elle n'aurait pas dû parler de chien. Elle s'était alors étonnée de sentir sous la paume de sa main des racines de cheveux. On ne les distinguait pas immédiatement en regardant son crâne, mais au toucher, quelques cheveux avaient poussé. C'est une bonne nouvelle, tes cheveux reviennent, s'était enthousiasmée Mme Winberg en enlaçant la petite fille. Cindy avait haussé les épaules.

Le lendemain matin, Sherry Winberg avait appelé Lynn Griek, Patty Singer et Vicki Kleckner pour les convier à boire un café. Les biscuits au gingembre sur sa table de cuisine n'avaient été qu'un prétexte pour leur raconter sa découverte.

Cindy accepta finalement de m'appeler depuis sa prison à la demande de Benitez. J'enregistrai la conversation en branchant un câble bricolé sur mon ordinateur. Elle n'eut pas grand-chose à me dire. Elle se contenta de quelques généralités déjà relatées dans la presse. Mes questions ouvertes ne donnèrent que des réponses fermées. Ses explications furent plus courtes que mes interrogations. Rien de ce qu'elle me dit n'aurait pu m'être vraiment utile. Il en fut de même pour la seconde, la troisième et la quatrième fois, nous parlâmes des mêmes banalités. J'eus l'impression de perdre mon temps. Mon projet s'enrayait avant d'avoir commencé. Mes comptes rendus décourageants à Benitez ne le firent pas douter. Il m'incita à parler d'autre chose que de l'affaire avec Cindy. Nous avions presque le même âge. Elle avait cinq ou six ans de moins que moi. Nous avions vu les mêmes séries, les mêmes dessins animés. Nous avions quelques petites choses en commun, une culture populaire partagée. Quelque chose de l'esprit du temps. Les jours suivants, dès neuf heures du matin, et jusqu'à l'heure de l'appel du déjeuner à la cantine du centre pénitentiaire, nous discutâmes de choses et d'autres sans effleurer les détails des sévices ou du meurtre. Faute de lui faire parler d'elle, je me résolus à raconter des bouts de mon enfance. Sans frère ni sœur, avec une mère célibataire qui enchaînait deux boulots, parfois trois, pour que je ne manque de rien, je passais beaucoup de temps seul, devant la télévision. Comme Cindy, j'avais beaucoup regardé Disney Channel et les rediffusions du *Mickey Mouse Club.* J'allais à la Santa Fe Public Library de Llano Street deux fois par semaine. Après avoir épuisé les bacs de bandes dessinées DC Comics et Marvel, je commençai à lire de brefs romans d'aventures, puis des livres qui me tombaient sous la main. Je découvris *Les Quatre Filles du docteur March*. Je ne lui racontai pas cela par hasard. Benitez m'avait confié que Cindy conservait dans sa prison un exemplaire qu'il lui avait apporté à sa demande. Cindy l'avait lu une vingtaine de fois. Elle me raconta avoir rusé en faisant croire à sa mère que le programme de sa classe par correspondance requérait de lire des romans qu'il faudrait commander. Elle les avait mémorisés en entendant à la télévision Oprah Winfrey parler de livres qu'elle conseillait à des jeunes filles. Elle reçut dans les semaines qui suivirent *Orgueil et Préjugés*, *Jane Eyre* et *Les Quatre Filles du docteur March*, dans une couverture rouge et blanche à lettres dorées. Elle admira le personnage de Jo et recopia en haut de la page de garde cette phrase qu'elle apprit par cœur : « Tu es la mouette Jo, forte et sauvage, aimant l'orage et le vent, t'envolant loin vers la mer et heureuse dans la solitude. »

Cindy s'ennuyait. Chaque matin, de huit heures à midi, elle restait enfermée dans sa chambre pour travailler ses cours par correspondance. Elle avait compris que sa mère ne pouvait guère l'aider. Elle devait chercher sur Wikipédia les réponses aux questions élémentaires que posait Cindy, qui renonça à l'interrompre et la laissait regarder les émissions de matinée à la télévision. À travers la porte, elle entendait les applaudissements des spectateurs résonner dans le salon. Et maintenant mesdames et messieurs, la recette des boulettes de viande aux lacets de bacon, nappées de sauces barbecue et ranch ! Ses exercices ne prenaient jamais très longtemps. Elle les trouvait faciles. Elle recevait sans effort la note maximale lorsque les contrôles revenaient par courrier.

Elle regardait à travers la fenêtre les allées et venues des agents en polo Sunset Desert qui distribuaient avec leurs voiturettes de golf les colis livrés à l'accueil.

Cindy avait épuisé les livres qu'Angela avait achetés pour décorer les murs de sa chambre. Quand elle jugeait que sa fille avait été sage, elle acceptait d'en commander quelques nouveaux, choisis dans une liste de contes jugés acceptables qu'elle avait imprimée sur un site pour la défense des valeurs familiales. Elle suivait avec inquiétude les débats à la télévision qui mettaient en garde sur l'endoctrinement des enfants à travers les contes et les dessins animés.

Au fil de ces conversations téléphoniques, les phrases de Cindy devinrent moins elliptiques et plus utiles pour le montage de mon récit audio. À plusieurs reprises elle me demanda d'expliquer mon projet, une série d'épisodes, six, huit, dix, nous verrions bien, pour raconter son histoire, de ses plus lointains souvenirs au meurtre, la fuite, l'arrestation, la prison, et le procès à venir. Oui, j'allais mettre en ligne la version finale avant le procès. Oui, comme Benitez vous l'a dit, si vous me parlez, vous aurez une chance de faire entendre votre histoire, votre voix, tout le monde l'attend, ceux qui vous désignent comme une meurtrière et ceux qui vous plaignent comme une victime.

Un jour je lui demandai pourquoi elle avait réclamé à son avocat une bouteille de parfum.

Elle n'en connaissait pas le nom, mais elle lui avait décrit la forme fine de la bouteille de couleur bourbon, cerclée d'un ruban doré. Youth-Dew d'Estée Lauder, avait précisé son épouse lorsqu'il lui avait demandé de l'aide. Cela s'appelle la rosée de la jeunesse.

Cindy retrouvait les odeurs de rose et de jasmin que portait sa grand-mère. Rose en gardait une bouteille sur sa table de nuit à Camden. Elle en aspergeait sur son poignet et venait toucher avec délicatesse les oreilles de l'enfant quand Angela la laissait brièvement approcher. Elle me raconta qu'elle se souvenait de multiples odeurs de cette maison du Maine : la lavande dans les draps, le tilleul du soir quand Rose faisait tremper le sachet dans sa haute tasse fleurie, la noix de coco des petits biscuits qu'elle faisait cuire au four le samedi, la cire sur le parquet, le chèvrefeuille de la jardinière à la fenêtre, le savon à la vanille de la salle de bains, la sauce aux airelles pour la dinde de Thanksgiving, la crème sur sa peau douce qu'elle hydratait chaque soir, l'odeur de la cafetière italienne sur la plaque électrique. Parfois, quand Cindy se réveillait avant sa mère qui dormait dans le même lit, elle allait gratter à la porte de sa grand-mère et elles descendaient l'escalier grinçant, sur la pointe des pieds. Avant de partir travailler, elle lui préparait du bacon et un œuf brouillé qu'elle glissait entre deux tranches de muffin. Elle allumait Disney Channel, la seule chaîne qu'elle acceptait de payer en extra, et la laissait seule sur le canapé qu'elle avait récupéré dans une association de charité. L'un des pieds était cassé, il fallait le caler sur de vieux annuaires. Elle lui avait interdit de sauter dessus.

L'aiguille faisait un ou deux tours de cadran avant qu'Angela ne se réveille, dans sa chambre décorée d'affiches de Britney Spears et Christina Aguilera dégrafées de magazines pour adolescentes. Elle rouspétait. Cindy aurait pu glisser dans l'escalier, traumatisme crânien. Elle serait morte seule en perdant son sang.

Plus tard, au Nouveau-Mexique, quand Cindy interrogeait Angela sur la grand-mère, elle lui raconta qu'elles avaient dû fuir car Rose était malade. Elle ne voulait plus en parler. Il n'en était question que quand elles se disputaient. Nous avons dû partir pour te sauver. Sans cela, tu serais morte ma pauvre fille. Ta grand-mère que tu regrettes tant, elle ne voulait pas croire que tu étais malade. Sans moi, elle t'aurait tuée.

Dans sa cellule, quand elle peinait à s'endormir, Cindy s'imaginait avec des sandales légères sur les chaussées violettes de Los Angeles pendant la saison des jacarandas. Le souvenir des odeurs de jasmin, de magnolia et de citron l'enchantait. L'impatience de retrouver la Cité des Anges avait compté dans sa décision de signer le contrat Disney. Elle serait conviée à travailler comme consultante sur l'histoire de sa vie dont elle avait cédé les droits exclusifs. Ils pourraient la malaxer, la triturer, lui inventer des états d'âme à leur guise. Elle ne s'appartenait plus. Elle ne serait plus qu'un personnage qu'ils exploiteraient comme un pantin et qui rapporterait des dizaines, des centaines de millions. Une héroïne ou une méchante, une demi-sainte ou une quasi-salope, qu'est-ce que cela pouvait bien lui faire. Elle louerait une voiture, un SUV climatisé pour jouer la musique plein pot, et prendrait la route de l'ouest. Elle ne s'arrêterait pas dormir à Phoenix ou à Flagstaff. Elle poursuivrait la route d'une traite, au bout de la fatigue, jusqu'à l'océan, comme lorsqu'elle s'est enfuie. Elle voulait retourner à Santa Monica manger une glace sur un banc du jardin surplombant près de la statue art déco de sainte Monique, au pied des palmiers, à droite de la jetée avec les manèges. Elle descendrait l'escalier et la passerelle traversant l'autoroute pour s'asseoir de l'autre côté de la plage, pour admirer le coucher du soleil sur les montagnes de Malibu. Elle se perdrait dans les avenues interminables de la ville horizontale quadrillée de palmiers, jusqu'à Silverlake, jusqu'à Pasadena, jusqu'à la vallée. Elle voulait revoir le Silverstar Inn Motel où la police l'avait arrêtée. Ils avaient fait un tel grabuge que les camés des chambres à côté s'étaient enfuis pieds nus. Les hélicoptères des chaînes de télévision diffusaient en direct la scène. Où serait-elle si le FBI n'avait débarqué avec les agents du LA Police Department ? Toujours en fuite, à ruser pour échapper au moindre contrôle routier ? Elle se disait qu'il était temps que cette comédie se termine.

La première fois qu'elle était allée à Los Angeles, c'était l'année de ses règles. Angela l'avait prévenue qu'à cause de ses maladies, elle ne deviendrait jamais une femme. Elle resterait son bébé adoré pour toujours. La première nuit en Californie, des douleurs vives dans son bas-ventre l'empêchèrent de dormir. Ne voulant pas réveiller sa mère, elle s'enferma dans la salle de bains et découvrit, embarrassée, une tache de sang sur sa chemise de nuit. Elle eut honte et prit peur. Sa mère lui avait parlé de ses risques d'hémophilie, d'hémorragie interne et autres menaces terrifiantes. Elle crut que les choses s'accéléraient. Voilà, elle allait mourir, c'était maintenant, ce moment fatal et prématuré que sa mère annonçait depuis toujours comme inéluctable. Elle lui avait répété qu'elle aurait une vie plus brève que les autres, mais lui promettait qu'elle serait magique. Tu ne seras jamais une femme, mais tu seras une fée. Ce sang dans ses entrailles la dégoûta. Ses pleurs réveillèrent sa mère. Contrariée, comme si Cindy avait fait une bêtise, elle ne la prévint pas que cette situation allait se reproduire tous les mois.

Elles étaient parties en Californie tous frais payés grâce à une fondation qui réalise les vœux des enfants gravement malades. Cindy avait écrit un courriel avec le récit habituel, assaisonné de quelques nouvelles anecdotes pleurnichardes dictées par Angela. Plus quelques formules guimauves, comment demain peut être un jour meilleur si on voit le bon côté de la vie. Cindy avait enregistré dans un fichier vidéo en pièce jointe « Tomorrow », la chanson de la comédie musicale *Annie*.

« C'est la lumière du matin
Qui efface des problèmes et des chagrins un par un,
J'ai confiance, cher matin, car tu seras là demain. »

Une autre pièce jointe rassemblait des photos de Cindy dans différents costumes de Cendrillon, de Blanche-Neige, de la Belle au bois dormant et de la Petite Sirène. Le rêve qu'elle soumettait était de défiler dans la grande parade de Disneyland. Quelques semaines plus tard, la réponse espérée arriva par un appel téléphonique. Elles furent prévenues qu'une équipe vidéo allait venir le lendemain filmer leur découverte de la bonne nouvelle. Quelqu'un frapperait à leur porte, avec une grande enveloppe à paillettes. Il faudrait feindre la surprise pour l'image. La mère et la fille jouèrent leur rôle à merveille.

Tout fut pris en charge, les billets Delta Air Lines de Albuquerque à Los Angeles avec changement à Phoenix, une limousine aménagée pour les fauteuils roulants, une visite des studios à Burbank, derrière les collines de Hollywood, et les trois jours à Disneyland. De grandes lettres dorées à l'entrée rappelaient que c'était l'endroit le plus heureux sur Terre.

Une voiturette de golf aménagée, floquée d'oreilles de Mickey, les transporta d'un bout à l'autre du parc, des manèges aux restaurants. Sans avoir à faire la queue, sans avoir à payer, tout fut pris en charge. Il leur suffisait de montrer leurs badges argentés sur un fond vert dollar. Elles mangèrent toutes les trois heures. Angela goûta tout ce que son estomac put endurer. Entre deux repas, il y avait dans tous les coins une carriole avec des hot-dogs garnis de chou cuit et de moutarde, des cornets de frites mayonnaise et des gâteaux au beurre de cacahuète.

L'hôtel dans le parc avait été choisi par la fondation parce qu'il avait une rampe dans la piscine pour le fauteuil. L'immense toboggan décoré comme une fusée était inaccessible. Angela interdit à Cindy de rouler seule en fauteuil près des bassins. Elle l'obligea à rester près d'elle sur un transat à l'ombre, tout habillée sous un parasol, pour échapper à un coup de soleil qui déclencherait immanquablement un cancer de la peau. Elles n'avaient pas besoin de cela en plus, sermonnait la mère entre deux aspirations bruyantes des dernières gouttes de sa troisième *virgin margarita* à la fraise.

Cindy observa les autres adolescentes avec leurs maillots deux pièces qui accentuaient leurs courbes. L'une d'entre elles marchait sur ses doigts de pieds comme si elle portait des souliers imaginaires. Une autre dégoulinait de mascara en sortant de la piscine. Une troisième midinait autour d'un camarade de son frère aîné. Elle pouffait en l'écoutant, penchait son menton vers son cou et le regardait par-dessous avec des yeux de biche. Leurs longs cheveux étaient brossés avec soin. Elles évitaient de les mouiller dans l'eau. Regarde ces pauvres filles, s'agaça Angela. Cindy les trouvait belles malgré leurs sourires enferrés par des appareils dentaires. Alors que sa mère s'était endormie, elle attendit quelques minutes et se leva. D'un pas lent, tout en gardant un œil sur elle, elle s'approcha assez près pour les entendre bavarder. Elles parlaient des garçons qui traînaient autour de la piscine. Elles commentaient leur allure, leurs muscles, leurs ressemblances supposées avec Harry Styles ou Zac Efron, les fesses bombées de l'un qui devait être un *quarterback*, les poils bruns du ventre de l'autre.

Cindy déroula la fermeture éclair de son gilet à capuche Blanche-Neige, retira ses lunettes fumées en forme de cœur. Elle ferma les yeux. Des gouttes de crème UV coulèrent sur sa peau. Elle distingua le cercle du soleil à travers ses paupières. Elle éprouva une sensation inédite de quiétude au milieu des rires et des ploufs. Elle eût aimé que cet instant durât. Elle fut prise d'un vertige et retourna sur le transat avant que sa mère ne se réveille.

Le clou de la semaine à Disneyland fut la parade enchantée du dernier soir. Le fauteuil de Cindy avait été installé par des princes en uniforme scintillant au sommet d'un char tiré par des chevaux en plastique. Celui qui l'avait soulevée jusqu'à douze pieds de haut sentait l'eau de toilette au musc. Tous entonnaient la chanson de Cendrillon diffusée par les haut-parleurs.

« Même si ton cœur a l'âme en peine, il faut y croire quand même,
Jamais personne ne pourra m'interdire de rêver
Et peut-être qu'un jour mon rêve deviendra vrai. »

En reprenant son badge argenté, les hôtesses en costumes de princesses la laissèrent repartir avec la choucroute blonde ornée d'un ruban azur du même tissu que la robe à épaulettes. Elle la plia dans une valise Daisy Duck à roulettes qu'elle rangea dans le bus sur le tarmac de l'aéroport, sous un miroir magique qu'Angela avait consenti à acheter dans l'une des boutiques hors de prix.

Cindy accrocha le miroir de Disneyland dans sa chambre, à hauteur de son fauteuil. Le cadre était en faux bois teinté, entouré par un long serpent fin, surmonté d'une couronne. Elle prit l'habitude de s'y mirer, en penchant le menton, à gauche, à droite, tout en relevant l'épaule, comme les filles de la piscine quand elles prenaient des selfies. Elle poussait ses lèvres étroites vers l'avant pour qu'elles paraissent plus charnues.

Quand elle savait que sa mère était collée devant la télévision, elle enlevait sa chemise de nuit et observait son corps pâle. Elle se trouvait laide, avec son crâne nu, ses dents manquantes, ses jambes d'autant plus maigres que son bassin s'était élargi, accentuant un ventre creux sous des seins de femme. Sa mère les compressait en enroulant un film plastique dès qu'elles quittaient la maison. Cela devint de moins en moins fréquent. Les dernières années avant le meurtre, il ne restait plus guère que la visite hebdomadaire au supermarché Walmart. En traversant les rayons, Angela glissait dans les poches arrière du fauteuil quelques babioles du rayon bijou, une eau de Cologne, une bouteille d'alcool, parfois une barquette de viande. Personne à Truth or Consequences n'aurait osé fouiller la célébrité locale qui sortait en roulant par un côté sans portique.

Il n'avait pas échappé à Cindy que leurs finances s'étaient taries. Les collectes de la paroisse étaient moins fructueuses depuis qu'elle n'avait plus l'air d'une enfant malingre. Sa mère l'entraînait à parler d'une voix aiguë de fillette. Les élans de pitié étaient plus rares. Quand un peu d'argent entrait, Angela remplissait le congélateur de promotions, et débarquait avec un bloc de cinq livres de fromage pepper jack ou un lot de vingt conserves de pâte à cookies. Pendant quelques jours, elle claquait des centaines de dollars dans des objets inutiles sur Amazon. Regarde, un bougeoir comme dans *La Belle et la Bête* ! Cindy savait qu'elle cachait des liasses d'argent liquide dans un coffre sous sa table de nuit.

Elles continuaient d'alimenter sur Facebook la vieille page *Believe in Magic* qui rapportait de moins en moins de donations. Les photos avaient toujours été un peu ridicules. Cindy trouvait grotesque de poser en préparant des muffins à la banane avec un sourire d'idiote ou en serrant un ours en peluche dans les bras. Elle n'avait plus une tête à bonne conscience. Elle ne suscitait plus la pitié immédiate, tout au plus une vague sympathie. Des abonnés qui les suivaient depuis une décennie avaient quitté le compte. Ils attendaient une mort prochaine, comme des charognards, et s'impatientaient. Ils voulaient du sang, des pleurs, le spectacle de la souffrance pour les rassurer sur leur propre petite existence médiocre, leur mari insupportable, son ventre gras et son dos poilu, son haleine aillée après les repas, ses ronflements, les perspectives implacables d'une vie banalement merdique. Angela connaissait leur cœur de cible, la mère de famille asséchée, que mari et enfants prennent pour une bonniche, et le patron pour une bonne à rien. Celle qui boit du vin blanc bon marché dans des verres trop grands, le soir devant la télé pour se donner du courage, qui regarde des téléréalités où des femmes au foyer s'ennuient autant qu'elle en buvant du champagne. C'était elle qu'il fallait faire chialer. Une générosité à crédit en deux-trois clics sur PayPal. Elle pouvait s'identifier à Angela, bravoure, abnégation, dévouement, bonne conscience. Et soulagement coupable, finalement ma vie aurait pu être pire.

Angela ajoutait des messages attrape-nigauds : mes seuls rêves sont les siens, aidez-moi à les accomplir, nous avons besoin de vous. Ces mises en scène pour alimenter la pompe à donation d'une source asséchée prenaient beaucoup de temps. Angela aide Cindy à préparer un gâteau aux pommes ! Cindy et Angela à la chasse aux œufs dans le jardin ! Cindy et Angela regardent le Super Bowl, *Go Pats* ! Il fallait sourire jusqu'à avoir mal, tant que la photo avec minuteur ne convenait pas.

Le plan de travail en marbre de la cuisine et le jacuzzi avaient suscité des commentaires mesquins sur leurs dépenses. Angela prenait soin de ne tourner que dans les parties les plus banales de la maison. Il fallait inspirer la pitié. Les décorations de grand-mère qu'elles achetaient dans les magasins Cracker Barrel étaient efficaces. Les napperons, les citrouilles en plastique pour Halloween et les fleurs artificielles à Pâques. À Noël, un arbre garni de trois cent soixante-six brins de PVC vert recouverts de fausse neige. Les vidéos annuelles de décoration du sapin étaient efficaces. Cindy écarquillait les yeux en accrochant des boules de couleurs dépareillées et une grande étoile en papier aluminium. Cet arbre décoré était si laid qu'Angela en préparait un deuxième, un vrai qui sentait bon les premiers jours et perdait ses pointes avant la fin décembre. Elles le plaçaient dans un coin du salon qu'elles évitaient de filmer. Angela avait acheté sur Amazon un pied pour le téléphone portable, surmonté d'un anneau de lumière qui éclairait plus harmonieusement quand elles parlaient devant la caméra. Après quelques essais concluants, elle renonça à l'allumer. C'est mieux quand tu es pâle. Mal éclairée, plus de pitié.

Quand Angela s'endormait devant la télévision pendant les feuilletons de l'après-midi, Cindy approchait, sur la pointe des pieds, tenait le téléphone devant le visage assoupi, et soulevait les paupières de sa mère pour déverrouiller l'écran à reconnaissance faciale.

Les premières semaines après leur séjour en Californie, elle ne s'aventura que sur des sites relatant les petits et grands tracas des célébrités. Elle aimait Miley Cyrus qui ne jouait plus à la gentille fille des feuilletons Disney. Pour limiter le risque d'être surprise par sa mère, elle n'y restait que quelques minutes. Il fallait effacer l'historique des pages visitées.

Elle googla les noms de maladies dont parlait Angela, le lymphome de Hodgkin, la leucémie, l'hémophilie, la dystrophie musculaire, et les autres. Elle trouva les noms de médicaments, et comprit qu'elle avalait des antidépresseurs surdosés au lever et deux somnifères au coucher, parmi les dizaines de gélules quotidiennes. Qu'arriverait-il si elle s'en passait ? Elle tenta un soir. Alors qu'elle devait boire par gorgées devant sa mère qui s'assurait qu'elle n'oublie aucun cachet, elle glissa sous sa langue l'un des somnifères, qu'elle recracha dans un mouchoir. Elle le plaça dans un tiroir d'une boîte à bijoux. Le lendemain, elle fit de même avec deux gélules.

Elle resta dans son lit, entendit sa mère mettre en route le jacuzzi dans la pièce voisine. Angela glougloutait en regardant des vidéos sur son iPad, et alla se coucher avant minuit. Même chose le lendemain, et ainsi de suite, soir après soir. Cindy apprit à repérer ses habitudes. Les soirs sans jacuzzi, quand passait le *Bachelor* ou de nouveaux épisodes des *Real Housewives*. Toujours, à la même heure, les pas lourds dans l'escalier. Une nuit, Cindy osa ouvrir sa porte et sortir. Elle ne grinçait pas. Il restait une demi-bouteille de blanc australien sur la table du salon, un paquet de chips aux oignons largement entamé et des miettes au sol.

Ses escapades devinrent plus régulières quand elle eut l'idée de recycler les somnifères recrachés. Elle les écrasait dans une tasse cachée sous son lit, et mélangeait le tout dans la crème glacée qu'elle prit l'habitude de servir à sa mère après le dîner.

Elle l'embobina en promettant ce nouveau rituel avant le coucher, trois boules dans un bol, avec du coulis chocolat et des M&M's pilés. Elle y mêlait les calmants mis de côté.

Elle essaya au fil des mois différents dosages jusqu'à ce qu'elle trouve un rythme régulier. Les cachets économisés lui offraient quelques heures de répit. Elle espaça les escapades pour augmenter les doses, une nuit sur trois, et quatre boules de vanille avec double ration de M&M's écrasés. Vers une heure du matin, elle commençait par aller dans la cuisine avaler quatre cuillères de café moulu qu'elle faisait passer avec un grand verre d'eau. Elle montait l'escalier sur la pointe des pieds pour ne pas faire craquer le parquet, jusqu'à la double porte de la chambre principale. Elle tournait lentement la poignée. Elle n'entrait que si elle entendait un ronflement devant des rediffusions de la chaîne de téléachat. À droite du large écran, un placard était rempli de centaines de boîtes de médicaments, ceux qu'elle prenait tous les jours, et d'autres qu'elle n'avait jamais vus. Des caisses entières de dossiers médicaux étaient entassées, remplis de feuilles imprimées de pages Internet sur des maladies diverses classées par ordre alphabétique.

Le téléphone était branché sur la table de nuit. Pendant quatre heures, Cindy pouvait s'en emparer, et descendre dans sa chambre. Elle limitait le volume sonore pour ne prendre aucun risque. Elle revenait le remettre à sa place avant l'estompement des somnifères et supprimait l'historique pour masquer toute trace.

Leurs disputes devinrent fréquentes. Parfois, Cindy se rebellait. Le plus souvent, c'est Angela qui l'insultait, la traitant tantôt de salope, de traînée ou de pute, quand elle ne la frappait pas pour la mater. Une futilité suffisait à déclencher un courroux. Cindy, furieuse d'être privée de sandwich au beurre de cacahuète parce qu'Angela avait fini le pot, lui lança qu'il serait inutile d'acheter un nouveau gadget pseudo-amaigrissant sur la chaîne de téléachat. Angela se vengea quelques jours plus tard en annonçant à sa fille que les derniers examens sanguins révélaient qu'elle était allergique à l'arachide, donc plus de beurre de cacahuète pour elle. Cindy profita un après-midi d'une sieste de sa mère pour sortir en fauteuil devant la maison. Elle ne s'aventura pas très loin sur Sunset Boulevard, discuta avec Sally Laskos, Maddie Graham et Hal Eisner, surpris de la croiser se promenant seule. Les Varney, inquiets de la voir descendre en fauteuil la pente qui menait vers le terrain de golf, lui proposèrent de boire une citronnade avec quelques biscuits et appelèrent Angela qui arriva la mâchoire serrée. Elle poussa le fauteuil de Cindy jusqu'à la maison. Elle attendit que leur porte soit fermée pour hurler. Tu aurais pu avoir un accident, te faire enlever, ou prendre un coup de soleil et déclencher un cancer de la peau. Ma pauvre fille, que tu es bête, alors que j'ai tout sacrifié pour toi ! Que vas-tu encore inventer pour me gâcher la vie ?

La querelle la plus violente éclata parce que Crystal Welch du lot n° 2 était venue sonner un après-midi. Les voisins les dérangeaient rarement. Angela les recevait froidement sans leur proposer un café. Mme Welch avait remarqué que Cindy aimait jouer avec sa chienne Bailey, une labrador noire dont le grand-père venait d'un élevage en Écosse. Elle le rappelait à chaque occasion pour souligner la noblesse de sa lignée, comme elle aurait pu dire qu'elle avait acheté tel sac à main en cuir souple à Paris. Elle venait d'avoir une portée et il restait un chiot, une femelle. Voudraient-elles l'accueillir chez elles ? Cindy, qui écoutait la conversation depuis la porte de sa chambre entrebâillée, vint les rejoindre prestement en roulant dans un vacarme de joie et de suppliques à sa mère. S'il te plaît, dis oui maman, steuplaît, steuplaît. Angela abrégea la conversation, salua Mme Welch pour la renvoyer chez elle. La porte fermée, elle ne laissa pas à Cindy le temps d'argumenter. Il n'y aurait pas de chien. Cindy l'implora, en larmes. Pourquoi disait-elle toujours non ? Parce que tu vas mourir, ma pauvre fille.

Cindy me raconta comment elle avait choisi son pseudonyme sur TikTok, ArielSmithNM. NM, le Nouveau-Mexique, Smith le nom le plus banal, et Ariel, la Petite Sirène. Ariel non plus ne peut marcher, répétait Angela quand sa fille se lamentait. Elle se passionna pour des tutos de maquillage, de conseils pour maigrir en continuant à manger du chocolat, des recettes de gâteau à partir de biscuits Ritz ou Oreo, les dix plus beaux garçons de moins de vingt ans à Hollywood et des danses sur des refrains de Taylor Swift. Quelques gestes du doigt sur l'écran apaisaient son ennui. Elle crut que c'était une source inépuisable de curiosités. Tous ces gens avaient des vies intéressantes, ou au moins quelque chose à raconter.

Pour sa première photo de profil, elle porta la longue perruque rouge d'Ariana Grande qu'elle avait reçue plusieurs années plus tôt, sans enlever ses larges lunettes à double foyer. Elle en refit une autre la semaine suivante, puis une troisième et ainsi de suite. Elle s'apprêta. Un peu de poudre sur les joues, puis du rouge à lèvres trouvé dans un tiroir de la salle de bains. Elle dessina des sourcils au crayon sur la peau épilée. Elle enfila une jolie robe avec un col rond. La fois suivante elle cambra ses hanches comme si elle portait des hauts talons, et esquissa un sourire, sans plus, pour masquer ses dents abîmées.

Cindy passa des nuits à regarder des garçons et des filles de son âge s'amuser. Elle essayait d'imiter leurs chorégraphies devant son miroir magique. Tendre le bras gauche vers le ciel, puis le droit, ramener deux mains à gauche, puis à droite, et rouler le bassin de l'arrière vers l'avant.

Elle s'était abonnée aux flux Disney, qui rejouaient des extraits de *La Belle et la Bête*, *Cendrillon* ou *Pocahontas*, mais elle se laissa vite entraîner par l'algorithme qui lui proposa de suivre des comptes d'influenceuses, de bellâtres, de chats mignons et d'amuseurs en tous genres, des tutos divers, de coiffure, d'épilation, de bronzage, de mode, de musculation, de sommeil, de cuisine, de jardinage, de yoga, de gestion de budget, des conseils pour tricher au lycée, pour emporter des réserves d'alcool en boîte de nuit, pour paraître plus jeune avec des filtres, pour se faire refaire le nez ou les seins.

Elle prit son temps avant d'enregistrer sa première vidéo. Elle tamisa la lumière en plaçant un foulard sur la lampe de sa table de nuit. Elle singea Ariel avec sa perruque rouge. Seuls quelques gamins lui adressèrent des messages privés. Elle en tenta d'autres, moins niaises, plus lascives. Elle était presque nue, cadrée au niveau du ventre, la poitrine cachée sous son bras. Elle joua avec les filtres qui lui donnaient un teint soyeux, affinaient son nez et élargissaient son regard, comme les sœurs Kardashian. Ses chuchotements susurraient l'histoire d'une captive impatiente. À l'aide, je suis une princesse enfermée dans un donjon par une méchante sorcière, y a-t-il un prince pour venir me libérer ? La vidéo circula davantage. Elle renouvela ces mises en scène suggestives, avec ses différentes perruques, une nuit Cendrillon, une autre la Belle au bois dormant, Blanche-Neige, ou la Reine des Neiges. Ariel suscitait le plus de commentaires. Cindy se sentait belle en sirène. On voulait d'elle. Les nuits sans TikTok, elle s'imaginait sur une plage, allongée avec sa longue chevelure.

Elle échangea de plus en plus de messages avec des garçons, mais leurs conversations tournaient en rond. L'un d'entre eux attira son attention. Après une nuit où elle avait porté sa perruque de Cendrillon ramenée de Disneyland, il lui avait envoyé une photo signée « ton prince charmant ».

Ils se retrouvaient à distance une nuit sur trois. Il connaissait comme elle les classiques de l'animation, plus les Star Wars, et les Marvel. Il avait convaincu sa mère de souscrire un abonnement Disney+. En échange il lavait sa voiture une fois par semaine, aspirateur compris.

Garth avait quitté le lycée avant sa dernière année et travaillait comme livreur Amazon et chauffeur Uber avec la Ford de sa mère. Il habitait à Casper dans le Wyoming, à quelques heures de route plus au nord, de l'autre côté du Colorado. Il disait que c'était comme le désert, mais tout vert. Pendant quatre ou cinq mois, ils discutèrent par messages privés sur Instagram et brèves vidéos sur Snap et TikTok. Les jeux de rôle les occupèrent davantage que les conversations. Il lui demanda de jouer la femme sauvée par un policier. Il lui ordonna de gémir de douleur et la regarda se débattre pour échapper à un agresseur fantôme.

Une nuit, se souvint Cindy lors d'un de nos entretiens, Garth souhaita qu'elle se mette nue. Elle refusa. Il cessa de lui répondre pendant neuf jours, jusqu'à ce qu'elle consente à lui envoyer une vidéo seins nus. Il lui renvoya une image d'Aladdin enamouré.

Quelques jours plus tard, alors qu'ils échangeaient en direct, il lui proposa de fermer les yeux. Elle s'exécuta. Il baissa son caleçon à carreaux et se mit à filmer son pénis pendouillant entre ses testicules poilus. Dis-moi pourquoi tu veux de moi. Elle inventa. Dis-moi ce que tu veux que je te fasse. Elle imagina des gestes dont elle ignorait tout. Il lui ordonna d'ouvrir les yeux. Elle vit son pénis gonfler puis se tendre. Garth rit. Elle se laissait faire. Il réclama pendant plusieurs semaines qu'elle fasse de même. Filme-toi, caresse-toi. Elle ne sentait rien du plaisir qu'il exprimait par secousses, mais elle feignit parfaitement le désir.

Parfois Garth se connectait depuis la Ford entre deux courses, avant que Uber ne le bannisse. Il ne savait contrôler sa colère. Trop de clients s'étaient plaints. C'était pour cela qu'il avait quitté l'école. Il commença à travailler comme gardien de nuit dans un motel près de l'autoroute I-25 mais fut viré quelques semaines plus tard. Il accepta des heures de nuit dans une station-service Loaf ‘N Jug sur la route du nord vers le Montana. Le patron ne le garda pas après qu’il eut laissé repartir un gars agité qui avait volé un paquet de douze Budweiser et un sachet d’oignons frits vers trois heures du matin. Garth ne voulait pas prendre une balle pour des rondelles d’oignons Funyuns à 2,49 dollars.

Il raconta à Cindy ces boulots. Conduire toute la nuit des inconnus et écouter leurs histoires, vendre des billets de loterie Powerball à des pauvres types qui espéraient décrocher la cagnotte de neuf cents millions de dollars, livrer d’énormes cartons Amazon dans de larges villas à des gens qui ne voulaient pas aller au supermarché acheter du papier toilette. Elle l’encouragea à se faire embaucher dans les restaurants rapides Dairy Queen 24/24 pour pouvoir manger des *blizzards* à la vanille. Il avait postulé pour la police locale de Casper mais avait échoué aux questionnaires à choix multiples. Il déchiffrait plus qu’il ne lisait. Tous les mots se mélangeaient dans sa tête.

Il finit par trouver un poste stable, à l’abattoir Cowboy State Custom Meats, au nettoyage de nuit. Même avec un jet d’eau javellisée ultra-puissant, il restait des traces de sang partout. Il devait racler le sol pour que tout soit sec à cinq heures du matin. Il entendait les braillements fracassants des porcs, juste avant de mourir d'un coup tranchant. La mécanique industrielle le fascinait. Les animaux étaient parqués dans un hangar mitoyen, et ressortaient en palettes de saucisses et de côtes congelées dans de beaux camions aux tuyaux d'échappement chromés. Il avait candidaté pour un poste sur la chaîne. Il racontait tout cela à Cindy par bribes, le bruit des broyeuses, l'éclat des lames, le geste au couteau pour les parties plus nobles. Il avait réussi à dérober un tranchoir rigide oublié par l'un des ouvriers. Il le ramena chez lui et le montra par vidéo à Cindy. Il passa sa langue sur le flanc. Elle eut peur qu'il se coupe. Il se fit des traces de sang sur l'épaule, les bras, le torse. Il lui suffisait de porter le tranchant sur sa peau, appuyer une seconde ou deux en serrant les dents, et laisser la ligne rouge cicatriser. Garth ne montrait ses traces de scarifications qu'à Cindy. Dans l'un de leurs jeux de rôle, il lui demanda de jouer une geisha. Il serait le samouraï venu la secourir. Il sortit un ours en peluche d'un placard et le décapita d'un coup de tranchoir.

Cindy lui avait raconté ses handicaps et ses maladies. Il était intrigué par cette situation singulière : elle passait ses journées clouée sur un fauteuil mais pouvait bouger ses jambes, se lever, marcher, danser, sautiller, quand bon lui semblait. Sa mère l'avait prévenue qu'elle risquait une rupture brutale du col du fémur ou d'autres os si elle restait trop longtemps debout. Ils sont comme de la porcelaine, lui répétait Angela. Elle n'avait jamais vu de porcelaine. Sa mère lui répétait qu'il ne fallait pas rentrer dans ces détails avec d'autres. Mieux valait leur expliquer qu'elle ne pouvait pas marcher. Il n'y eut guère qu'une infirmière à la retraite croisée un jour au supermarché qui s'étonna de constater que les mollets de l'enfant n'étaient pas si menus malgré le fauteuil.

Elles n'avaient plus vu aucun médecin depuis leur arrivée au Nouveau-Mexique. Angela répétait qu'elle n'avait pas confiance en eux. Elle connaissait mieux ses maladies que ces charlatans aux diplômes arrogants. Elle consultait sans cesse des sites médicaux sur Internet et ne ratait jamais les rediffusions de *Dr Oz* à la télévision. Elle conservait ses notes et ses dossiers dans les cartons rangés dans sa chambre. Quand elle détectait un symptôme nouveau, elle rajoutait quelques cachets à la liste. Elle ne voulait ni médecins, ni couverture santé, ni Obamacare. Elle répétait que l'État fédéral, l'État profond disait-elle, n'avait pas à mettre son nez dans les affaires de sa famille. Elle ne laisserait pas ces pédophiles approcher son bébé. La liberté et la justice pour tous, c'est cela l'Amérique, assénait Angela en imitant le ton criard des débats télé.

Après les alertes du Dr Vargas, les services sociaux de l'État de Floride avaient envoyé des courriers de convocation, sans réponse.

Une nuit, alors que Garth terminait sa quatrième bouteille de bière Michelob Ultra, il lui promit qu'il viendrait la libérer. Il la ramènerait dans le Wyoming. Ils s'installeraient dans une fermette, élèveraient des animaux, construiraient une cabine ou deux et logeraient quelques touristes de passage. Il suggéra d'installer sur la cheminée une tête de jackalope, un lièvre avec des cornes d'antilope, le trophée d'une chasse imaginaire. Ils auraient un chien, une chatte, et deux chevaux dans le pré derrière la maison. Elle apprendrait à monter. Elle cuisinerait des pains de viande, des côtelettes sauce barbecue et des tartes aux airelles. Elle lui préparerait des sandwichs au cheddar grillé avant de partir au travail. Elle découperait le pain blanc en deux avant de l'emballer de papier aluminium. Il pourrait le manger en buvant une thermos de café noir. Nous serions heureux, Cindy.

Elle lui répondait que ce n'était pas possible. Jamais sa mère ne la laisserait rencontrer un garçon. Il fallait ruser. Elle proposa un centre commercial, mais elle ne pourrait échapper longtemps à sa surveillance. La seule opportunité prévisible était la sortie du Disney du printemps. Elles y allaient toujours pour l'anniversaire de Cindy. Cette année-là, Angela hésitait à l'emmener voir *La Petite Sirène* car l'actrice était noire. Le scandale agitait Fox News depuis des semaines. Elle ânonnait en écho leurs arguments : comment l'idéologie gauchiste de Disney pouvait-elle ruiner une histoire chérie par tant d'enfants ? Comment pouvaient-ils changer les paroles pour que la sirène ne reçoive un baiser sans consentement ? Cindy insista, sa mère céda. Elles partirent pour la galerie commerciale d'Albuquerque à deux heures plus au nord en chantant sur l'autoradio des standards de Disney. Elles commençaient par déjeuner au restaurant Cheesecake Factory où Angela avait fait commander un gâteau de dix pouces de hauteur. Dix niveaux de couleurs, du bleu, du jaune et du violet, recouverts de vermicelles en sucre. Le nom Cindy était tracé en rose sur le dessus, entre les bougies. Sa mère avait demandé à en mettre beaucoup, plus de trente, pour faire plus joli. Cindy pensait fêter ses seize ans. En fuyant la Floride, Angela avait brûlé dans une poubelle d'une aire de repos de l'Alabama tous leurs papiers. Elle célébrait ses vingt ans sans le savoir, déguisée en Cendrillon, sa perruque de petite fille figée par la laque. Cindy aurait préféré se déguiser en Petite Sirène. Tu ne vas pas te dénuder en public ma pauvre fille. Avec ta pâleur, tu vas faire peur aux gens.

Cindy trépignait sur sa chaise, inquiète de manquer le rendez-vous fixé à Garth. Angela traînait. Elles avaient encore le temps, le film ne commençait qu'après vingt minutes de bandes-annonces. Cindy espérait profiter de cette avant-séance pour rencontrer Garth. Il était parti du Wyoming en bus Greyhound et avait dormi dans une chambre de motel près du centre commercial. Elle lui avait recommandé de réserver un siège juste derrière les places handicapées. La salle était presque vide en ce début d'après-midi de semaine. Elle le reconnut dès qu'elles entrèrent dans la salle, tassé dans un fauteuil trop large. Il était plus petit qu'elle ne l'avait imaginé. Elle roula son fauteuil jusqu'à l'emplacement. Il était si proche qu'elle sentit l'eau de toilette au musc dont il s'était aspergé. Son souffle rapide arriva jusqu'à son cou. Elle l'entendit bouger nerveusement. Elle retint sa respiration. Moins d'une minute plus tard, il se leva dans un élan brusque et quitta la salle. Elle bafouilla à sa mère qu'elle devait se laver les mains avant de commencer leur seau de pop-corn au cheddar recouvert de beurre liquide. Elle abandonna son fauteuil dans le long couloir. Elle courut, ce fut la première fois. L'une de ses sandales roses cachées sous le tissu de fausses dentelles glissa. Elle hurla son nom. Il accéléra son pas, épaules en avant, puis s'arrêta, et la traîna dans un angle sombre derrière un pilier. Il la plaqua contre un mur. Elle crut qu'il allait l'étrangler. Sa perruque s'était décollée sur le sommet de son crâne. Elle glissa sa main dans son short en lycra et le caressa. Reste. J'ai besoin de toi. Je serai toute à toi. Attends-moi à la fin de la séance.

Elle retourna vers la salle, les joues empourprées par son audace. Il revint s'installer sur son siège dans les premières secondes du film, auquel elle ne prêta guère attention. Angela lui donna un coup de coude pour qu'elles chantonnent ensemble son refrain préféré.

« Moi je voudrais, parcourir le monde,
Moi je voudrais, voir le monde danser. »

Angela devait finir les vers à la place de Cindy, qui tournait la tête vers Garth.

« Comme j'aimerais, si je pouvais, partir là-bas ! »

Elle avait imaginé un stratagème, qu'elle exposa à Garth pendant qu'Angela s'arrêtait aux toilettes à la fin du film.

Garth se débrouilla pour rejoindre Truth or Consequences. Il patienta dans un motel six jours et six nuits, en s'endormant devant des rediffusions de combats de MMA. Il sortait chaque soir acheter pour quatre dollars deux quesadillas au poulet grillé chez Del Taco sur le parking de l'autre côté de la route, entre une laverie 24/24 tenue par une famille chinoise et un Panda King Chinese buffet à volonté qui appartenait à un ancien maquereau russe. Garth se masturbait, une fois, deux, trois, parfois cinq fois avant l'aube, en déroulant sur Pornhub la section Hentai où il retrouvait les derniers mangas pornographiques.

Cindy lui avait promis que l'attente durerait moins d'une semaine. Comme chaque premier mercredi du mois, sa mère quitta la maison rose à quatorze heures pour refaire sa couleur chez le coiffeur. C'était sa seule coquetterie. Cindy appela Tuck, le gardien à l'entrée, pour annoncer la venue d'un invité, un nouveau masseur pour ses jambes. Quand Garth se présenta avec un Uber, Tuck appela sur le téléphone de la maison, Cindy lui confirma la possibilité de le faire entrer. Il nota son faux nom sans vérifier sa pièce d'identité, le laissa passer la barrière, et suivit la Toyota Camry de caméra en caméra le long du boulevard, jusqu'à ce que le chauffeur le dépose avec son sac à dos crotté et reparte vers la grille d'entrée après un demi-tour sur la chaussée.

Elle lui ouvrit en fauteuil. Elle ne voulait pas être filmée debout dans l'encadrement de la porte. Il eut un mouvement de recul en la découvrant sans perruque, le crâne nu, sans faux sourcils. Elle avait un visage d'enfant prématurément vieilli. Elle le fit entrer, se leva, lui prit la main. Elle l'embrassa, d'abord délicatement sur les lèvres, puis plus intensément, collée à son bassin. Il banda. Il fallait qu'elle le cache avant que sa mère ne revienne. Ils ne pouvaient s'enfuir en plein jour. Il faudrait un taxi pour se rapprocher de l'autoroute. Ils seraient vite démasqués. Tout devait se passer de nuit. Dans sa penderie, elle avait dégagé des vêtements pour qu'il puisse s'installer sur la moquette et déplier ses jambes. Elle lui laissa trois canettes de Dr Pepper et une boîte XXL de Cheez-It qui recouvrirent ses doigts d'une couleur orange et d'un goût artificiel de cheddar presque sucré.

Il avait suivi les instructions de Cindy. Il sortit de son sac un déguisement noir du film *Scream*, avec un masque blanc au long menton, et un pistolet dérobé à son père. À son signal, dans la nuit, il devrait monter dans la chambre d'Angela, la menacer d'un Glock G19 9mm pour qu'elle lui ouvre le petit coffre blindé où elle conservait les billets de ses réserves. Cindy savait qu'Angela ne gardait pas grand-chose sur son compte à la banque. Elle ne voulait pas que l'État profond vienne lui prendre son argent. Garth était déjà dans sa cachette quand Cindy entendit le bruit de la camionnette Chevrolet à l'approche du garage.

Dès notre première rencontre, Benitez m'agaça en me répétant que mon podcast devrait s'appeler *Le Nœud*. Il y a un nœud dans cette histoire, et si vous le dénouez, Cindy échappera au nœud d'une corde. Il se croyait malin. J'eus beau lui rappeler que les exécutions ne se faisaient plus par pendaison, que la peine de mort était abolie au Nouveau-Mexique et que cette idée pourrait s'appliquer peu ou prou à chaque histoire criminelle, il trouvait sa suggestion brillante. Le nœud, assénait Benitez, le nœud de cette histoire c'est une victime emprisonnée, torturée, martyrisée, mutilée par sa mère, dépassée par la pulsion meurtrière d'un homme auprès duquel elle s'était raccrochée par espoir de se libérer, sans imaginer qu'il commettrait l'irréparable. Elle est horrifiée. Comment aurait-elle pu souhaiter la mort de sa mère ? Elle lui manque. Ma cliente est victime, comment pourrait-elle être coupable ? Il ressassait sur moi ce récit qu'il avait prévu de tisser devant les jurés pendant le procès télévisé. Il y avait toujours un instant suspendu où il grimaçait, avec une voix de baryton et des sourcils de mauvais acteur, pour exposer l'hypothèse alternative. La préméditation d'un meurtre qui aurait été manigancé par une femme de sang-froid. Un monstre de maîtrise glacée qui aurait appris auprès de sa mère comment manipuler en jouant la victime, qui aurait profité d'un esprit faible pour s'acharner sur celle qui l'avait aimée et protégée toute sa vie, jusqu'à l'étouffer. C'est imaginable, concluait Benitez en baissant la voix, figé, préparant son effet. La vie et l'expérience me l'ont appris, tout est imaginable, oui, mais qui pourrait y croire ? Qui ?

Les propos incohérents de Garth servirent Benitez. Ses dix-huit mois en prison l'avaient rendu plus hagard. Cindy ne le reconnut pas d'emblée le matin de l'ouverture du procès. Il avait pris plus de cent livres sous l'effet des antidépresseurs. Son ventre était si large qu'il débordait sur ses cuisses lorsqu'il s'asseyait. Sa peau était grise et ses cheveux rasés. Il s'était laissé pousser une barbichette mal taillée. On aurait dit qu'il avait pris vingt ans. Ses avocats avaient refusé toutes mes demandes d'entretien. Je compris leur prudence lorsque je le découvris à l'audience. Le gars avait l'air d'un demeuré. On aurait dit le portrait-robot de la décadence fantasmée par les bourgeois nostalgiques, le *crash test dummy* du cannabis en vente libre, des jeux vidéo à outrance, et de la pornographie à volonté.

Devant le jury, il ne cessa de se contredire. Dans son placard, il avait entendu leurs cris, ce soir-là, les insultes d'Angela, les pleurs de Cindy. Quand elle était revenue dans sa chambre, elle lui avait dit qu'elle préférerait que sa mère ne soit plus là, qu'elle disparaisse, juste un instant, le temps de reprendre son souffle. Je voulais seulement la sauver, bafouilla-t-il à l'audience, épaules avachies. Il avait grimpé sur le lit pour réveiller Angela et le menacer avec la broche à trois dents. Elle n'avait sorti du coffre que quelques dizaines de billets de cent et vingt dollars. Trois mille deux cent quarante-sept dollars. Il avait cru qu'elle mentait. Tu caches où ton fric, salope ? Il avait pointé son arme vers elle. Elle avait appelé Cindy à l'aide.

Vous a-t-elle demandé de la tuer ?, questionna Benitez devant Garth. Ses réponses furent confuses. Vous a-t-elle dit « tue-la » ? Oui, enfin presque, je ne sais plus, c'est ce qu'elle voulait dire, si elle a dit qu'elle préférait qu'elle ne soit plus là, mais je ne sais pas, je ne sais plus, donnez-moi un verre d'eau.

Monsieur, cloua Benitez, vous voulez nous convaincre que vous avez exécuté une inconnue à la demande de sa fille mais vous ne savez plus si elle vous l'a demandé ? Enfin, monsieur, qui pourrait vous croire ?

Benitez revint s'asseoir à sa chaise. Il griffonna quelques notes. Cindy à ses côtés remarqua que c'était un alignement de lettres sans aucun sens. Elles ne servaient qu'à ponctuer son numéro pour les jurés. J'aperçus un peu plus loin sur mon banc la mère de Garth sangloter dans les bras de son mari. Elle avait compris.

Il était plus de minuit lorsque Cindy fit sortir Garth de la penderie où il était caché. Elle n'avait voulu risquer le moindre bruit, s'était couchée dans sa chemise de nuit à pois rouges pendant que le garçon tuait le temps en regardant des vidéos sur TikTok, les écouteurs aux oreilles.

Elle avait renoncé à assommer sa mère de somnifères. Il fallait lui extorquer le code de son coffre pour récupérer l'argent. Elle écoutait attentivement les bruits de la maison qu'elle avait appris à distinguer. Le grincement du canapé lorsque Angela se levait ou se rasseyait. Le verrou de la porte d'entrée. La machine à laver qui accélérait à la fin de son cycle. Les pas sur le parquet quand sa mère allait remplir un bol de crème glacée à la vanille. La porte du frigo. Le silence pendant l'épisode de *Dateline* dont elle avait reconnu le générique. Puis celui du journal de KOB, la chaîne locale d'Albuquerque, qu'elle ne regardait jamais jusqu'au bout. Elle arrêtait avant la page des sports scandée par un présentateur aux épaules carrées qui parlait fort dans sa veste grise à carreaux. Vers 23 h 20, elle reconnut les pas traînants d'Angela dans l'escalier, le grincement de la rampe, le filet d'eau de la cuvette des toilettes, puis le fond sonore habituel des rediffusions de la chaîne de téléachat devant laquelle s'endormait sa mère toutes les nuits.

Elle monta discrètement, entendit qu'elle ronflait, redescendit pour rappeler à Garth ce qu'il avait à faire. Il répéta ce qu'elle lui avait fait apprendre par cœur. Il devait s'introduire dans la chambre à l'étage, subtiliser le téléphone d'Angela pour qu'elle ne puisse appeler les secours, la réveiller en claquant la porte, l'éblouir avec une lampe torche, brandir le Glock, lui hurler qu'un complice menaçait sa fille au rez-de-chaussée. Elle ouvrirait illico le coffre et lui donnerait tout l'argent. Il la ferait asseoir sur une chaise, serrerait ses poignets dans le dos avec une rallonge électrique, et recouvrirait sa bouche de plusieurs couches de ruban adhésif de chantier déroulé autour du crâne. Pendant toute l'opération, il devait porter le masque de *Scream*.

Cindy enfila la perruque rouge de la Petite Sirène. Elle déboutonna sa chemise de nuit, la laissa tomber, et s'avança nue, à genoux, vers Garth, en lui écartant les cuisses.

Elle fredonna un air.

« Moi je voudrais, parcourir le monde,
Moi je voudrais, voir le monde danser. »

C'était la chanson de *La Petite Sirène.*

« Comme j'aimerais, si je pouvais, partir là-bas. »

Sauve-moi, ajouta Cindy, en inventant de nouvelles paroles sur l'air du film, sauve-moi, aide-moi, sans toi je ne pourrai jamais parcourir le monde, sans toi je ne pourrai voir le monde danser, sans toi cette sorcière me gardera sous l'eau pour toujours.

La respiration de Garth devint plus rapide. Il se leva, remonta d'une main maladroite son short de basketball à l'élastique distendu, saisit une broche à trois dents qu'elle avait récupérée près du barbecue et qu'elle lui tendait. Il remonta l'escalier vers la chambre d'Angela.

Lorsque tout fut dévoilé, les journalistes racontèrent avec un soin de comptables les étapes de leur cavale. Ils jouèrent les images d'une caméra de surveillance près des pompes d'une station-service sur l'autoroute I-25 où ils avaient attendu près des bennes à ordures. Cindy avait gardé son visage face au mur, pour ne pas être reconnue malgré sa courte perruque brune et ses lunettes de soleil. Qui porte des verres fumés au milieu de la nuit ? La station de bus Greyhound la plus proche, à Las Cruces, était à un peu plus d'une heure au sud. Faire du stop ou appeler un taxi de la ville en pleine nuit aurait attiré l'attention. Cindy avait engagé la conversation avec des routiers croisés entre les toilettes de la station et l'îlot à hot-dogs sur lequel des saucisses à un dollar tournaient en continu sur des tubes chauffants. Elle avait expliqué que les routiers roulaient soit vers le nord, soit vers le sud. Ils avaient une chance sur deux de trouver un chauffeur qui pourrait les déposer.

La dégaine déglinguée de Garth avait compliqué l'approche. Ils avaient attendu deux heures avant que l'un d'entre eux accepte de les faire monter dans son camion bleu Amazon. Cindy se souvenait qu'il s'appelait Mitch, et avait grandi près de Chattanooga dans le Tennessee. Il disait *Chaahttaahnooogaah* en allongeant les voyelles dans son lent accent mélodique du Sud. Son père était garçon d'écurie pour des éleveurs de chevaux. Il avait rêvé de devenir jockey, de gagner un jour le Kentucky Derby devant toutes les ladies chapeautées – Mitch disait *laaahdies* –, mais sa taille avait dépassé les six pieds, et il ne voyait pas beaucoup d'autres opportunités que celle de rejoindre l'US Navy à la fin du lycée. Quand je l'ai retrouvé pour mon enquête, il m'a déroulé sa vie comme il l'avait fait à Cindy et Garth cette nuit-là. Il avait servi en Irak pendant la guerre du Golfe, puis dans une base près de Catane en Sicile où il s'était occupé de la logistique de la cafétéria. Il avait compris qu'il ne serait jamais décoré comme un héros de guerre mais sa mère avait été fière. Tout le monde à l'église baptiste le dimanche avait appris que son fils servait son pays et qu'il était si utile à l'Amérique qu'il était déployé sur la plus grande base aérienne de la Navy en Méditerranée, non loin des méchants terroristes qui jalousaient la liberté des Américains. Il l'avait laissée dire. Mieux valait cela que de nettoyer la merde des chevaux. Il était revenu s'installer à Chattanooga sans la Sicilienne qui lui avait donné un fils. Elle avait rêvé de New York ou Miami, il n'avait pu lui promettre que les grasses prairies du Tennessee. Sa mère n'avait su que faire de lui. Elle n'aimait pas le voir traîner au pub et l'avait encouragé à prendre ce boulot de chauffeur longues distances chez Amazon. Ils sont riches chez Amazon, ils ne feront pas faillite de sitôt, lui avait-elle dit. Il aimait ces trajets sans fin, les camions étaient confortables. Ils avaient installé la radio numérique. Il jouait la chaîne qui rediffusait 24/7 des épisodes du *Howard Stern Show*. Il ne fumait ses pétards que les soirs où il s'arrêtait dormir dans un motel de bord d'autoroute avec un parking poids lourds. Sinon il roulait toute la nuit, sur ces longues routes de l'Ouest, toutes droites, sans beaucoup de circulation. Il venait de s'arrêter boire un café et acheter une barquette de nachos au fromage coulant dans cette station de Truth or Consequences. Le nom de la ville l'amusait à chaque fois qu'il la passait. Leur allure de fugitifs de mauvais téléfilm l'avait intrigué. Il leur demanda s'ils fuyaient pour se marier à Las Vegas.

Après un premier Greyhound à l'aube à Las Cruces, ils devaient attendre une correspondance à El Paso, à la pointe ouest du Texas, avant de prendre la route vers le Pacifique.

Dans le hall de la station refroidie par l'air conditionné, ils s'assirent sur le banc métallique du comptoir en Formica. Cindy écouta d'une oreille distraite les trois postes de télévision qui diffusaient les matinales : les débats insolubles au Congrès pour une loi sur les infrastructures, une menace de grève chez General Motors, l'inquiétude des agriculteurs du Wisconsin sur le prix du lait, le témoignage de l'épouse d'un tueur en série, et les tourments amoureux de Taylor Swift. Elle observa son reflet dans le miroir de l'autre côté du comptoir. Sa mauvaise perruque et ses lunettes noires étaient ridicules. Elle les rangea dans son sac d'où elle sortit un tube de rouge à lèvres et du mascara. Devant tout le monde, elle se maquilla en fermant la bouche, les lèvres jointes pour masquer ses dents manquantes. Elle passa la main sur son crâne nu. Elle enleva son gilet à capuche informe, redressa son dos et bomba sa poitrine qui pointait sous le tricot blanc pioché dans le sac de Garth. Un jeune homme à catogan avec un gros sac à dos de campeur scrutait son reflet. Leurs regards se croisèrent sur le miroir. Il baissa les yeux. Elle se sentit belle, et c'était la première fois. Elle minauda jusqu'à ce que le voyageur parte prendre son autocar. Garth somnolait, elle le secoua pour sortir prendre l'air. Elle n'avait jamais marché à l'air libre. Elle balançait les hanches comme si elle était dans la vidéo de « Crazy in Love » de Beyoncé, en minishort en jeans et talons hauts. Ils ne croisèrent guère de monde sur ces trottoirs. Ils passèrent sous un pont autoroutier le long d'entrepôts et ateliers et s'avancèrent jusqu'au bout de la rue qui se terminait en cul-de-sac grillagé. Un peu plus loin, un mur de longs pieux couleur cuivre longeait la rivière. De l'autre côté c'était le Mexique. Ils passèrent un long moment à observer au loin les petits immeubles dans les rues de Ciudad Juarez. Une silhouette étendait le linge. Son voisin du dessus avait la télévision allumée. Un autre, plus à droite du bâtiment, observait depuis la rambarde de son appartement le Nord, le premier monde, l'Occident, le côté de la frontière où se trouvait Cindy.

Elle aurait pu sauter le grillage, trouver un moyen de contourner le mur, un peu plus loin dans le désert, et s'enfoncer seule dans une terre nouvelle où tout pourrait commencer pour elle sans que personne lui parle d'Angela, de Truth or Consequences ou de sa toile de mensonges. Elle aurait pu raconter qu'elle devait fuir les États-Unis parce qu'elle était une lanceuse d'alerte sur les programmes de surveillance de la CIA. Elle aurait fait défection de sa base militaire pendant une permission, pris un car jusqu'à la frontière pour pouvoir s'échapper. L'idée l'amusa un instant, puis ils retournèrent jusqu'à la gare routière.

Elle remit la perruque et les lunettes de soleil. Garth acheta deux sachets de Doritos goût barbecue pour le voyage qui devait durer dix-huit heures. Il dormit toute la nuit, la tête pendante vers son épaule. Elle observait les yuccas et les agaves du désert de l'Arizona, en écoutant les conversations autour d'elle. Un trio d'étudiants du Missouri commentait entre deux jeux vidéo l'allure d'une jeune fille devant eux qui regardait sur Netflix de vieux épisodes d'une sitcom. Une femme tentait de calmer son bébé. Ses hurlements fâchaient un vieux monsieur qui sentait le tabac froid et essayait de dormir, la face droite contre la vitre.

En arrivant en Californie du Sud, elle ne rata rien des entrelacs d'autoroutes entre les centres commerciaux et les quartiers pavillonnaires sur des dizaines de miles. Elle aperçut les hautes tours derrière le vieux Los Angeles, puis le terminus de l'autocar, près de la gare bordée de hauts palmiers qui rappelait les anciennes missions espagnoles. Garth passa se débarbouiller dans les sanitaires. Cindy s'assit avec son sac sur le carrelage couleur terre cuite, longé de marbre blanc. Elle observait la charpente en faux bois lorsqu'elle aperçut des écrans de télévision avec son visage, tantôt avec une perruque blonde de princesse, tantôt avec des calottes tricotées sur le crâne. Des photos du compte Facebook de *Believe in Magic*. Un bandeau demandait si elle était encore vivante. « Meurtre sordide, disparition inquiétante. » Une chaîne, puis deux, puis trois, puis six. Les mêmes images, les mêmes mots. « La mère courage assassinée, sa petite princesse enlevée », distingua Cindy dans le brouhaha.

Elle se retourna. Son visage était partout, en couverture des panneaux d'information sur la vitrine du kiosquier, sur les téléphones que regardaient les passagers attendant leurs trains, sur les écrans relayant l'alerte enlèvement.

Ils s'installèrent dans le motel le moins cher sur Booking. Il se trouvait loin de Beverly Hills, de Bel Air et de Santa Monica, de l'autre côté des collines, au nord de Los Angeles, dans la vallée de San Fernando surnommée San Pornando parce qu'elle est la capitale mondiale de l'industrie des films X. Le Silverstar Inn proposait des prix à la semaine. Il leur en faudrait quelques-unes pour se faire un peu oublier. Avant même de passer la porte au premier étage, sur le couloir extérieur qui surplombait le parking presque vide, Cindy remarqua qu'il n'y avait pas de rideau sur la baie vitrée. Une bâche composée de sacs-poubelle noirs protégeait le peu d'intimité des occupants. Deux lits étaient disposés sur la moquette verte élimée. On distinguait des traces de cigarettes sur les meubles en stratifié imitation chêne. Dans la kitchenette, un four à micro-ondes hors d'âge et une cafetière étaient branchés à une prise entourée de ruban adhésif. Le rideau en plastique beige dans la salle de bains était taché de rouille. Il y avait deux cadavres de cafards dans la baignoire.

Les occupants des chambres voisines n'étaient pas là de passage. Ils avaient placé des chaises de jardin sur le couloir et faisaient sécher du linge au soleil sur la rambarde. La machine de la laverie ne marche plus, précisa le petit monsieur à l'accent indien qui avait accepté sans barguigner qu'ils payent en billets. À gauche de leur chambre vivait une famille du Venezuela avec ses deux enfants. Ils étaient arrivés à la fin de l'hiver, après plusieurs mois d'un périple à pied. Le mari partait travailler tôt le matin et rentrait tard le soir. À la droite, deux jeunes filles du Minnesota. Elles avaient débarqué quelques semaines plus tôt, à peine le lycée terminé, pour être découvertes. C'était leur expression. Elles se brûlaient les cheveux au fer chaque matin, car elles pouvaient être découvertes à la caisse du In'N'Out Burger où elles avaient demandé à être affectées à des postes de soirée. Elles devaient dégager du temps en journée pour être découvertes lors d'auditions. Pour l'instant, elles n'avaient ni agents ni castings, et venaient seulement de se payer pour une somme folle des photos professionnelles sur lesquelles elles étaient trop maquillées.

Cindy ne sortait pas de la journée. Elle sautait de chaîne en chaîne et tombait sans cesse sur son image de petite fille malade. Ouin ouin ouin. Le feuilleton fascinait le pays. Les informations nouvelles étaient rares, ce qui n'empêchait en rien les chaînes d'y consacrer des heures d'antenne. Les audiences furent exponentielles. Des millions d'Américains qui s'étaient détournés des journaux télévisés et des chaînes d'information se branchaient en quête de nouvelles de la petite Cindy. Le maire de Truth or Consequences répondit à une vingtaine d'entretiens chaque jour. Angela Groff fut quasi sanctifiée. Les enquêteurs ne firent pas fuiter grand-chose à la presse, qui s'en plaignit. En faisaient-ils assez ? Le responsable des investigations était-il à la hauteur ? Le *New York Post* publia en première page une galerie de photos de Cindy et des bougies allumées pour elle un peu partout dans le pays. Le titre était en lettres rouges : « Police, Justice : Truth or Consequences ».

Tout cela alimenta des polémiques incessantes qui permirent aux présentateurs vedettes d'occuper du temps d'antenne dans leurs émissions spéciales depuis le Nouveau-Mexique. Le président fut interrogé lors d'une conférence de presse avec le chancelier allemand à la Maison Blanche. Il dit suivre avec espoir les recherches pour retrouver la petite Cindy et les coupables du meurtre atroce de sa mère. Il avait toute confiance dans les efforts des polices et il se félicita que le FBI soit mobilisé pour coordonner les investigations qui couvraient désormais plusieurs États.

L'intérêt fulgurant se propagea aussi sur TikTok. Cindy pouvait rester plusieurs heures allongée sur le lit du motel à dérouler les milliers de vidéos avec le mot-clé #whereiscindy. Toujours les mêmes images, les mêmes photos d'archives, sur de la musique triste. Chacun y alla de sa théorie. Un meurtre de rôdeur. Un réseau pédophile. Un pervers obsédé sexuellement par les handicapés. Le cartel de la drogue mexicain. Une conspiration de voisins du parc qui voulaient récupérer la maison. Nul n'envisagea que la fille ait pu disparaître volontairement.

Personne ne savait qui avait eu le premier l'idée de porter un ruban rose à paillettes pour afficher son soutien aux recherches. Des journalistes du *New York Times* écrivirent que c'était une mère de famille de Caroline du Nord, elle aussi avait une fille handicapée, mais la version fut contestée. Il apparut d'abord sur TikTok et Instagram, partagé et copié à l'infini. On le vit dans les cours de récréation, à la boutonnière des mères, sur les vestes des reporters et présentateurs dépêchés au Nouveau-Mexique, et même sur le tailleur Ralph Lauren porté par la première dame lors de la visite d'une école du Nebraska qui lui donna l'occasion d'exprimer la tristesse du couple présidentiel. Nous sommes bouleversés, nos pensées et nos prières pour Cindy qui vient de perdre sa mère Angela dans d'atroces circonstances, nous espérons tous la retrouver bien vite saine et sauve. Tout le monde répétait les mêmes mots, pensées et prières, pensées et prières. Des sénateurs de tous les bancs observèrent une minute de silence. Des milliardaires de la tech proposèrent de financer les recherches. On pria dans des églises baptistes, luthériennes, évangéliques, épiscopaliennes, méthodistes, des synagogues, des mosquées. Des adeptes du yoga proposèrent des méditations collectives dans les parcs. Des arnaqueurs profitèrent de cette vague pour vendre en ligne des tricots, des tasses, ou des porte-cannettes de bière isothermes avec le visage de la disparue et #whereiscindy. Les bénéfices n'allèrent jamais au financement des recherches comme cela était annoncé. L'émotion nationale atteignit des sommets le soir d'un dîner de gala qui attira le Tout-Hollywood. Les images des vedettes sur le tapis rouge furent massivement partagées sur les réseaux sociaux car toutes portaient le ruban rose sur les robes de couturiers et les smokings. Anne Hathaway pleura, Justin Timberlake hurla contre les salauds qui mériteraient la peine capitale. Une partie de la salle avait applaudi. Les téléphones vibrèrent de la même notification de *Variety* : « Cindy : À Hollywood, des applaudissements pour la peine de mort ».

À vingt miles de là, la sonnerie du micro-ondes tinta dans leur chambre du Silverstar Inn Motel. Garth se leva en caleçon du lit défait pour sortir le sac de pop-corn Movie Theater Xtreme Butter. Sa barbe irrégulière ne masquait pas les traces de psoriasis sur la peau de ses joues. Il avait le S rouge du blason de Superman tatoué sur le bras. Il demanda à Cindy s'il risquait la peine de mort.

Cindy, nue sous le drap rêche, leva les yeux au ciel. Elle ne supportait déjà plus cet ectoplasme niais qui ne pensait qu'à bouffer et baiser. Elle devait lui demander de se doucher. Ils n'avaient pu s'aventurer à Santa Monica par peur de se faire repérer. Garth suggéra d'attendre que ses cheveux repoussent. Elle trouverait un moyen de les teindre et de les coiffer pour être méconnaissable. Elle devrait prendre du poids, comme sa mère, pour passer inaperçue. On ne regarde pas les gros. On les voit, ils sont là, incontournables, mais nul ne les regarde derrière la masse de graisse. Cindy n'en pouvait plus de se nourrir de soda, de bière et de pop-corn du Dollar Store du coin. Avec leur maigre pécule volé à Angela, ils avaient de quoi tenir un mois ou deux, entre l'hôtel et les provisions. Il la dégoûtait, près d'elle 24/24, à glander, se gratter les couilles dans des draps pleins de miettes. Elle s'endormit devant l'écran.

Dès que le visage d'Angela apparut sur toutes les antennes, le Dr Vargas se souvint de cette femme qu'elle avait convoquée une douzaine d'années plus tôt. Elle avait depuis abandonné la pédiatrie pour fonder une clinique privée entre le vingtième et le trentième étage d'une tour du quartier de Brickell à Miami. Elle promettait un luxe cinq étoiles pour des hospitalisations banales, avec une vue sur la baie et les paquebots de croisière amarrés. Sa villa se trouvait sur une île artificielle accessible en yacht ou par un pont privé. Elle ne regrettait que les sourires des enfants qu'elle suivait, pas les complaintes des parents. Angela n'avait pas été la plus agressive, mais ce souvenir avait laissé un flou dans son esprit. Elle pensait avoir fait son devoir en cherchant à retrouver les nombreux médecins qu'Angela et Cindy avaient consultés. Elle avait alerté les services sociaux de l'État de Floride après leur disparition sans laisser de trace. Le Dr Vargas n'avait su comment poursuivre. Elle prévint la police, qui n'eut aucun mal à retrouver leur piste au Nouveau-Mexique. Elles vivaient dans une caravane d'un bled paumé dans le désert. Il n'y avait aucune raison de les appréhender. Le Dr Vargas écrivit aux services sociaux du Nouveau-Mexique qui ne donnèrent pas suite. Aucun médecin de l'État n'avait signalé d'indices de maltraitance. Sofia Vargas pensait à Cindy à chaque fois qu'elle tombait sur des publicités d'appels aux dons qui mettaient en scène des enfants malades.

Elle regarda des heures de couverture en direct. Elle écouta les banalités sur la pauvre mère sauvagement assassinée, le mystère de l'enlèvement de sa fille, combien de jours pourrait-elle survivre sans son traitement médical ? Elle lut tous les journaux. Ils gonflaient des reportages d'ambiance à Truth or Consequences faute d'éléments probants pour alimenter les papiers sur l'enquête. Elle chercha par mot-clé sur Twitter les messages postés par des comptes anonymes. Les théories complotistes pullulaient. Et si Angela avait caché des sommes d'argent considérables dans la maison ? Et si Angela avait été violée ? Et si les voisins de Sunset étaient une secte et qu'Angela avait été la victime d'un rituel de sacrifice ? Et si Cindy avait tué Angela ? Elle tomba sur les premiers épisodes de mon podcast, qui la décidèrent à me glisser un message privé sur Instagram.

Bonjour. J'ai une histoire à vous raconter. Elle devrait vous intéresser.

Une odeur de détergent planait dans tout l'immeuble du FBI à Los Angeles. Les agents avaient débarqué à six heures du matin, en défonçant la porte du motel, les armes braquées sur Cindy et Garth. Ils avaient été plaqués au sol, les lèvres écrasées contre la moquette. Elle pensait aux restes d'années de gerbe et de foutre.

Un agent lui apporta une bouteille de Mountain Dew trop fraîche achetée au distributeur dans le couloir. Elle attendit une vingtaine de minutes, et s'allongea sur le canapé bancal au coin de la pièce, repliée comme un chat. Elle avait faim. Elle regretta de ne pas avoir profité de sa fuite pour goûter les céréales Froot Loops que sa mère avait toujours refusé de lui acheter. Elle aurait mangé dans l'ordre les bagues de couleur, d'abord les jaunes, puis les bleues, les orange, et gardé les mauves pour la fin.

Avant sa photo d'identification judiciaire, dos au mur, elle mouilla de salive ses doigts pour effacer les restes de maquillage. Plus tard, lorsqu'elle retrouverait cette photo sur tous les articles, avec le mascara coulé, elle constaterait qu'au moment du cliché, elle avait eu le réflexe de sourire exagérément comme sa mère le lui avait appris. Elle savait que ce portrait serait collé à côté de celui qui circulait partout les jours précédents, avec sa perruque de princesse et ses grosses lunettes de vieille dame. Les rédacteurs en chef des journaux n'attendaient que cela, la double face, l'aigle à deux têtes, un visage innocent qui masquait un monstre cruel. Ils allaient jubiler.

Ils l'emmenèrent dans une minuscule pièce blanche avec de la moquette au sol. Un homme et une femme se présentèrent et la firent asseoir. Elle jouerait la gentille, lui le méchant.

L'inspectrice lui annonça sur un ton compatissant que sa mère était décédée. Cindy avait préparé sa réaction. Non, non, non, ce n'est pas possible. Oh mon Dieu, dites-moi que ce n'est pas vrai, c'est horrible, que lui est-il arrivé ? Je ne veux pas y croire ! Dites-moi que ce n'est pas Garth qui l'a tuée ? Elle hoquetait de chagrin. Maman, maman, maman.

Son collègue lui fit comprendre que ce spectacle ne marchait pas avec eux. Ses larmes cessèrent de couler et Cindy commença à raconter l'histoire, celle qu'elle avait répétée depuis longtemps, et qu'elle servirait au procès, aux journalistes, aux scénaristes de Disney, et à moi lors de nos dizaines d'entretiens.

Cindy me raconta comment elle s'était fait vomir toutes les nuits. Chaque soir, elle avalait le tas de cachets sous le regard de sa mère, en cachant une gélule d'antidépresseurs sous sa langue. Une fois qu'Angela avait quitté la pièce, elle enfonçait dans sa gorge la longue tige en plastique d'une baguette magique qu'elle avait ramenée de Disneyland, jusqu'à se vider l'estomac.

En quelques semaines sa peau devint moins grêlée. Elle n'était plus constamment épuisée, dormait mieux, se levait sans se sentir sonnée. Elle prit un peu de poids, malgré les vomissements. Ses maux chroniques à l'estomac disparurent. Ses palpitations cessèrent. Une nuit sur trois elle poursuivait ses recherches sur le téléphone. Elle explorait les sites médicaux sur chacune des maladies dont elle souffrait.

Elle s'était convaincue qu'il ne servait à rien de prévenir la police. Sa mère serait arrêtée pour mauvais traitements, jugée, mais un avocat parviendrait à plaider le trouble psychologique, le syndrome de Münchhausen par procuration, l'irresponsabilité pénale. Elle ne serait jamais jugée. Cindy pensait aussi que personne ne la croirait. Elle était prise dans le piège des mensonges de sa mère, actrice de ses bobards, complice de ses arnaques.

Elle m'affirma que l'idée de la fuite s'était cristallisée au fil des discussions nocturnes avec Garth. Elle lui racontait son désespoir et son impatience de quitter cette vie d'enfermement. Elle répétait que lui seul pouvait venir la libérer. Elle esquissait l'avenir qu'ils pourraient choisir. Plutôt que de vivre chichement dans le Wyoming comme il l'avait envisagé, ils pourraient s'installer en Californie, grâce à l'argent qui restait des collectes *Believe in Magic*. Ils trouveraient sans peine du travail à Disneyland ; lui au campus *Avengers* sur la chute spectaculaire des *Gardiens de la Galaxie* ; elle pourrait jouer Cendrillon ou Ariel sur la parade magique. Ils prendraient une petite maison, avec un jardin, une piscine, pas trop loin de la mer, peut-être même voyageraient. Aller à New York en haut de l'Empire State Building ou au Grand Canyon en Arizona. Et au parc d'attractions Six Flags près de Dallas, demanda Garth. Oui nous irons à Six Flags, tant que tu le voudras.

Elle imagina le rendez-vous au cinéma à Albuquerque, puis le piège à Truth or Consequences, comment elle le ferait entrer dans le parc fermé, comment elle le cacherait, la scène du faux cambriolage, ensuite la fuite. On les rechercherait, mais ils pourraient se faire oublier dans la masse à Los Angeles. Elle se laisserait pousser les cheveux, lui la barbe, personne ne les reconnaîtrait.

Le plan se déroula comme Cindy l'avait prévu.

Lorsqu'elles étaient parties à Disneyland, Cindy avait profité d'un moment où sa mère était sous sa douche pour appeler la réception depuis la chambre qu'elles partageaient. Elle avait demandé à trouver un numéro de téléphone à Camden dans le Maine. C, A, M, D, E, N, oui Camden, c'était bien cela. Elle avait donné le nom de Rose Groff mais le réceptionniste n'avait pas trouvé de numéro.

La première nuit où Cindy put s'emparer du téléphone d'Angela, elle googla le nom de la grand-mère et découvrit un vieil article de la presse locale du Maine racontant qu'une dame à ce nom avait été empoisonnée pendant que sa fille avait passé la nuit à l'hôpital auprès de son enfant. La police avait retrouvé du cyanure dans un bol de glace à la vanille recouvert de sirop de chocolat et de M&M's écrasés. Si cette femme n'avait pas alerté les secours dès qu'elle s'était sentie mal et n'avait eu le réflexe de se faire vomir, elle serait morte en quelques minutes.

Cindy écrivit un courriel à toutes les églises de Camden en adressant son message à une Rose Groff qu'ils comptaient peut-être parmi leurs fidèles. Quelques jours plus tard elle reçut un courriel dans sa boîte cindyrella87901@gmail.com. Il était intitulé « Ma chère petite-fille ».

Le matin du verdict, pour la première fois depuis le début du procès, Cindy dénoua ses cheveux pour libérer ses boucles, se maquilla les yeux en rajoutant des faux cils et du mascara, mit un peu de rose sur ses joues et de rouge coquelicot sur ses lèvres. Elle enfila une chemise d'homme qu'elle laissa entrouverte et la glissa dans un jean qui allongeait sa taille, puis chaussa des souliers à talons que lui avait fait passer l'épouse de son avocat. Elle frotta sous ses oreilles son poignet droit. Elle y avait aspergé du parfum de sa grand-mère. La porte s'ouvrit. Elle quitta sa cellule en serrant de sa main droite aux ongles soignés le sac-poubelle qui contenait ses dernières affaires.

Nous l'attendions au tribunal, Maître Benitez à la table de la défense, Rose Groff et moi sur le banc derrière. Le mouvement répété de ma jambe droite trahissait ma nervosité. Elle prit ma main pour calmer mon impatience. Nous avions l'habitude de nous retrouver à chaque pause dans le couloir attenant à la salle. L'avocat revivait chaque moment d'audience comme un mauvais acteur de série policière. J'approuvais de la tête pour abréger sa démonstration. Rose restait silencieuse. Elle suçotait des caramels et repliait le papier doré en quatre avant de le jeter à la poubelle. Elle était toujours la première à arriver, avant l'aube, en tête de la queue, stoïque, regard fixé sur la double porte en haut des marches, droite sur ses petits talons, les mains jointes sauf quand elle devait replacer une mèche dans son chignon. Un simple regard suffisait à écarter les curieux qui osaient lui demander un selfie. Elle était devenue malgré elle un visage connu, la dame qui défend sa petite-fille accusée d'avoir fait tuer sa fille. Elle patientait en silence. Son visage ne s'animait que lorsque Cindy était amenée par les agents. Dès le premier jour elle avait reconnu les effluves de rose et de jasmin de son parfum. Ce matin du verdict, elle attendait l'instant où elle pourrait enfin la serrer dans ses bras.

Benitez se rassurait en ne cessant de parler, se retournait pour évoquer tel ou tel témoignage, détail de la procédure ou argument qui avait pu peser dans la décision des jurés. Depuis des semaines, quand il se réveillait la nuit, il imaginait leurs vies. La dame à la perruque bien peignée qui levait le sourcil droit comme d'autres grimacent. L'étudiant aux chemises à carreaux boutonnées jusqu'au col qui prenait au crayon des pages de notes qu'il classait dans un dossier plastifié à la fin de la journée. Le barbu lassé, qui n'avait marqué un intérêt soutenu que lorsque Cindy avait raconté les abus sexuels que lui avait fait subir Garth. La mère de famille, dont les tatouages débordaient de la manche, qui n'avait pu contenir ses larmes lorsque Rose avait raconté les premiers sévices de sa fille sur son bébé. Sept femmes, et cinq hommes. Benitez en avait récusé autant que possible. Il pariait que les jurées pourraient mieux s'identifier à Cindy et à l'histoire de domination, d'aliénation, d'affirmation, d'empouvoirement et tous ces mots de l'époque qu'il leur avait racontée. Cindy est une victime, et la justice essaye d'en faire une coupable, comprenez bien, mesdames et messieurs les jurés, ce qu'il se joue dans cette salle d'audience. N'avons-nous pas honte ? Nous avons abandonné Cindy, nous tous, notre société, notre égoïsme, et pour apaiser notre conscience nous voudrions la grimer en coupable. En coupable de quoi d'ailleurs ? D'avoir voulu être enfin libre ? Honte à nous, honte ! Il ne tient qu'à vous de réparer cette injustice ! Benitez avait fait tester par un institut d'études qualitatives certaines formules de sa plaidoirie : il avait passé trois heures un samedi derrière un miroir sans tain à écouter les observations d'un panel de douze quidams sélectionnés en fonction de leur proximité sociologique supposée avec les jurés. Il en était ressorti sans être rassuré sur l'issue du procès.

Il aurait pu louvoyer, comme le lui avaient suggéré ses amis avocats, conseiller à sa cliente de reconnaître un certain rôle dans la préparation du meurtre pour tenter d'obtenir une peine mesurée en plaidant les circonstances atténuantes pour une complicité d'homicide involontaire. Il avait tenu sur la ligne de défense déterminée le premier jour. Cindy était bien la victime dans cette histoire, captive et torturée pendant vingt ans, abandonnée à son sort par l'impéritie des médecins et l'indifférence des voisins, trahie par la première personne en laquelle elle avait placé sa confiance, ce Garth lobotomisé par les écrans, obsédé par l'ultraviolence, qui avait abusé de sa faiblesse pour massacrer sa mère. Elle ne pouvait s'échapper de son emprise sauf à risquer d'être sa prochaine victime. Oui, elle était une victime, c'est sa mère qui a été assassinée, elle était une victime, elle ne pouvait qu'être jugée non coupable du meurtre de sa mère.

Les chuchotements dans la salle d'audience s'estompèrent. Cindy s'assit à son siège devant nous.

Elle remarqua la surprise dans mon regard. Pour la première fois depuis le début du procès, ses cheveux n'étaient pas noués par un ruban mais encadraient son visage. Elle avait coupé une frange. Elle ne portait pas l'une de ces robes de jeune fille sage qu'elle avait cousues en prison. Elle était belle, et elle le savait. Les jurés prirent place, le président demanda à l'un d'entre eux de se lever, et tout se déroula comme Cindy l'avait imaginé.

Elle avait répété devant son miroir l'image qu'elle voulait voir diffusée, reproduite, imprimée, l'instant du verdict, du *non coupable* prononcé, le soulagement dans le regard, le sourire discret pour masquer ses dents qu'elle pourrait désormais faire refaire. Elle se leva, se retourna vers sa grand-mère qu'elle put enlacer. L'image plairait à tout le monde, deux femmes, deux générations, deux victimes, deux survivantes. Il ne me resta plus qu'à saluer le talent de Maître Benitez qui me serra la main avec vigueur pour mieux clouter sa réussite incontestable devant les dizaines de millions de téléspectateurs. Elle avait tout prévu.

Sur les images de l'acquittement en direct et tant rediffusés depuis, on me voit juste derrière Cindy, dans l'axe de la caméra, faire un geste de victoire comme si mon équipe avait gagné le Super Bowl.

Ensuite tout s'enchaîna, elle sortit avec Rose par une porte de côté, monta dans un SUV Chevrolet Suburban aux vitres teintées, alors que Benitez paradait devant des dizaines de micros sur les marches du tribunal. Il répondit aux questions des journalistes pendant trente-sept minutes – *la vérité a prévalu, et quand la vérité prévaut, c'est un bon jour pour l'Amérique*, c'est la phrase qu'il avait préparée et qu'il répéta huit fois pour augmenter les chances de reprise dans les journaux – pendant que les hélicoptères des chaînes de télévision diffusaient en direct sur l'autre moitié de l'écran le convoi de Cindy jusqu'à Truth or Consequences.

Tout avait été négocié à l'avance par un agent de Los Angeles et une publiciste de New York recrutés par Benitez. Cindy accorderait son premier entretien à ABC, la chaîne de Disney. Il serait mené par Diane Sawyer, l'ancienne présentatrice du journal télévisé qui avait été l'attachée de presse du président Nixon, avant et après sa démission infamante. Une équipe de production avait installé dans la villa de Sunset Desert des projecteurs qui tamisaient la lumière pour donner une impression cotonneuse à l'écran. Seul l'étage de la chambre du crime échapperait aux caméras. Elles allaient suivre la journaliste et la jeune femme pendant qu'elle récupérerait quelques affaires dans la maison rose. Cindy ferait semblant de chercher des poupées et des photos. Elle ne voulait rien garder. La maison devait être détruite pour éviter la curiosité morbide. Le parc pour chiens allait être élargi sur décision du conseil de copropriété.

Un deuxième tournage était programmé le lendemain à Camden, après un trajet en avion privé payé par Disney. Un nouvel entretien en présence de sa grand-mère devait aborder les projets de Cindy pour sa nouvelle vie. Elle dirait qu'elle espérait tomber amoureuse, se marier, avoir des enfants, se faire oublier tout en parlant du film à venir et de son souhait d'évoquer publiquement une meilleure prise en charge de la santé mentale. Une crise sanitaire nationale qui détruit trop de familles, avait-elle prévu de dire d'un ton grave. Je suis une lanceuse d'alerte. L'avenir de notre nation est en jeu. Une agence spécialisée proposait de la rémunérer plusieurs dizaines de milliers de dollars pour chaque conférence payante. Elle n'avait pas encore eu le temps de réfléchir à la proposition de concourir à *Danse avec les stars* sur la même chaîne. N'importe quel scénariste de feuilleton à l'eau de rose aurait pu écrire ce que Cindy devait montrer dans cet entretien télévisé. Il était prévu qu'elle conclurait par une phrase aux mots choisis avec son avocat, son agent et sa publiciste, qui devait exprimer sa compassion pour sa mère. N'avait-elle pas été avant tout la victime d'une maladie, le syndrome de Münchhausen par procuration ? Il lui fallait pardonner pour se reconstruire, comme le disent les manuels de développement personnel. Le producteur de Diane Sawyer avait suggéré que les derniers plans se fassent au lever du soleil sur l'océan, au bord d'une plage, le regard vers la mer, dans un large pull en laine de couleur crème qu'une assistante de la publiciste commanda en livraison UPS chez Ralph Lauren.

L'émission spéciale diffusée le vendredi suivant en première partie de soirée rassembla une audience inédite depuis dix-sept ans pour un entretien événementiel. Au montage, pour gagner du temps, les rédacteurs en chef firent enlever une remarque improvisée par Sawyer pendant qu'elles évoquaient le film produit par Disney. Cindy avait feint l'embarras de devenir un personnage au cinéma et l'étonnement que des spectateurs puissent venir voir une histoire dont ils connaissaient tous les recoins. Diane Sawyer s'était souvenue d'une phrase de son époux, le metteur en scène Mike Nichols, qu'elle avait citée à la jeune femme : « Tout bon film est rempli de secrets. »

Deux hivers plus tard, Cindy m'invita à passer quelques jours à Camden dans la maison qu'elle venait d'acheter grâce à sa fortune nouvelle. Elle en sortait peu. Nous nous étions croisés dans les coulisses de la soirée des Golden Globes au Hilton de Beverly Hills. La starlette jusque-là inconnue qui interprétait son rôle avait obtenu le prix de la meilleure actrice dans un drame. Elle était la favorite pour la cérémonie des Oscars le mois suivant. Les scénaristes étaient nommés pour l'adaptation de mon podcast. L'écho phénoménal de cette histoire m'avait permis de revenir à New York où l'on m'offrait de signer de longs récits pour des magazines prestigieux, *The Atlantic*, le *New Yorker* et *Vanity Fair*. Simon & Schuster m'avait versé un à-valoir significatif pour le récit d'un meurtre collectif d'étudiants dans une fraternité d'un campus du Mississippi, sur fond de tensions raciales.

Je ne portais plus que des costumes sur mesure rehaussés par des cravates en maille à rayures colorées que j'achetais sur Madison Avenue. J'avais obtenu un crédit pour un appartement, vaste salon, chambre et bureau, de l'autre côté du parc au Apthorp dans l'Upper West Side. Je l'avais choisi parce qu'il avait été l'immeuble de Nora Ephron. Il y avait une cheminée, du parquet, des moulures et une large penderie. Je me faisais livrer chaque matin un *lox bagel* au saumon de Nouvelle-Écosse par Zabar's, qui n'était qu'à deux minutes à pied. Je donnais mes rendez-vous au Four Seasons sur l'Allée des Milliardaires à Midtown ou près du feu au Waverly Inn dans West Village. J'étais invité aux premières de Broadway et du New York City Ballet. Les serveurs de Sardi's et de Bond me préparaient mon *old fashioned* avant même que je n'aie à le commander. *New York Magazine* m'avait classé dans la liste des trente célibataires de Manhattan à séduire avant la Saint-Valentin. J'étais devenu un putain de bourgeois parvenu comme les autres. J'avais raconté dans un portrait de *Vogue* avoir pris des cours pour faire de bons cocktails, et ajouté en plaisantant que c'était mon parachute si je perdais tous le reste. Dès mon arrivée en Uber à la nuit tombée, Cindy me demanda de lui préparer un *dirty martini*, Grey Goose, trois olives, remué, pas secoué. *Very dirty*, ajouta-t-elle.

Rose me salua et alla se coucher pour nous laisser seuls au rez-de-chaussée de la demeure à colonnades. On apercevait en contrebas les lumières du port qui scintillaient sur la neige. Sais-tu que c'est la maison dont devait hériter mon père ? mentionna Cindy. Elle venait d'acquérir la villa des Cawthorne, restée vide à la mort sans héritier direct de la grand-mère. Elle avait perdu son fils, son petit-fils, leurs épouses et leurs enfants dans un accident d'avion privé quelques étés plus tôt. Ames survolait la baie de Chesapeake en revenant du Low Country en Caroline du Sud où ils avaient assisté au mariage d'une cousine dans une demeure coloniale entourée de marais. Cindy voulut goûter différents cocktails que nous bûmes sur le tapis crème devant la longue cheminée. Tandis que je restais fidèle au bourbon, elle me demanda une *margarita jalapeño* extra-épicée et extra-salée, puis un *Long Island ice tea* qui combinait vodka, gin, tequila, rhum et triple sec, deux *negronis*, et un *Death in the Afternoon* absinthe/ Veuve Clicquot. Elle glissa dans l'escalier de la cave en allant chercher les bouteilles de champagne, mais ne laissa pas ses éraflures abréger une conversation qui l'amusait. Elle n'avait presque rien mangé, sauf une petite pomme de terre tartinée de caviar et la moitié d'une tasse de crème glacée vanille saupoudrée de M&M's pilés. C'était une tradition familiale, plaisanta Cindy. Elle finit une bouteille au goulot et m'interrogea sur ma nouvelle vie, les inconnus qui me reconnaissaient dans les rues des beaux quartiers, les garçons avec lesquels je baisais, les débuts de Mme Benitez et de sa poitrine XL dans la téléréalité les *Real Housewives of Beverly Hills* où l'avocat faisait le coq dans sa villa neuve au bord du Pacifique.

Ah, sans moi, vous ne seriez rien, badina Cindy, Benitez aurait sa tête sur un panneau publicitaire à Albuquerque pour ramener des affaires de divorce, et toi tu dormirais sur le lit gonflable de ta mère à Santa Fe. Et regarde-moi, dans cette maison de friqués, avec des cocktails, du champagne et du caviar. Vous devriez me remercier d'avoir tué ma mère.

Je ris jaune. Elle déroula les détails du plan qu'elle avait imaginé soigneusement pour éliminer Angela. Elle avait été plus forte que nous. Nous les naïfs, les crédules, les enquêteurs, les jurés, les journalistes, les esprits mièvres, les assouplis de la larme, tous ceux qui avaient gobé puis recraché ses fariboles. La petite malade, la victime, symbole de Dieu sait quoi, toutes ces conneries. Je devais être le plus gros nigaud de cette bande de cons pour qu'elle ait choisi de s'épancher à mon micro. Elle m'avait fait couiner sur son sort comme sa mère avait fait pleurnicher tant de gogos. Je ne valais pas beaucoup mieux que cet abruti de Garth qu'elle avait mené jusqu'à l'exécution barbare d'Angela sans jamais avoir à le lui demander. L'écho spectaculaire de l'affaire avait dépassé les espérances de Cindy.

Elle avait fignolé son scénario avec sa grand-mère, lors d'échanges nocturnes par courriel puis par Facetime. Rose n'avait jamais pardonné à sa fille. Elle avait alerté à plusieurs reprises la police du Maine qui n'avait pas pris au sérieux les théories d'une femme qui accusait sa fille de l'avoir empoisonnée et de lui avoir arraché sa petite-fille pour la torturer. L'affaire de la glace au cyanure avait été classée sans suite, faute de preuves. Les psychiatres qui l'avaient examinée avaient conclu que Rose avait pu mettre en scène un faux suicide pour attirer l'attention. Des médecins qui les connaissaient avaient confirmé qu'elle avait toujours minimisé les symptômes et les maladies de sa petite-fille. Les services sociaux du Maine avaient déjà recommandé à Angela de ne jamais laisser l'enfant seule avec sa grand-mère et l'avait encouragée à déménager. Les polices de Floride puis du Nouveau-Mexique, alertées par Rose, avaient brièvement enquêté sur la mère de Cindy mais sans jamais donner suite, faute d'éléments crédibles pour confirmer les médisances. Angela avait été convaincante. Rose s'était payé un billet pour Truth or Consequences, avait espéré apercevoir sa petite-fille et était entrée en contact avec des voisins de Sunset Desert. Angela avait alors obtenu de la justice une ordonnance d'interdiction pour empêcher sa mère d'approcher de la ville. Elle l'avait attaquée en diffamation. Cindy avait appris tout cela bien plus tard de la bouche de sa grand-mère.

Lors de la préparation de leur plan, Cindy avait demandé à Rose de payer une agence d'influence en ligne pour créer une flopée de faux comptes anonymes sur Facebook et sur Twitter chargés de relayer les premiers posts du *Sierra County Sentinel* et le communiqué de la police locale en taguant des journalistes célèbres au niveau national. Quelques centaines de dollars, des salves de tweets avec photos niaises et liens YouTube vers des archives avaient suffi à lancer la machine. Cindy avait tout anticipé. Elle avait prévu que la camionnette Chevrolet Express dans laquelle ils avaient fui Sunset Desert dans la nuit serait retrouvée sur le parking d'un entrepôt près de l'autoroute, que la station-service de Truth or Consequences serait filmée, que les bandes seraient examinées, que le chauffeur routier bavard parlerait, que Garth serait identifié grâce à la localisation de son téléphone. Elle s'était assurée à la gare routière d'El Paso de montrer son visage et de sortir dans la rue avec Garth, de passer devant une banque, puis près du mur pour être filmée par le plus grand nombre de caméras. Quand la police de Los Angeles avait tardé à remonter leur trace depuis la gare routière jusqu'à la vallée de San Fernando, Cindy avait demandé à Rose de passer un appel anonyme au FBI. Sa seule erreur dans son plan avait été de choisir une chambre d'hôtel aussi sale. Elle avait anticipé que les images de l'interrogatoire allaient être diffusées. Elle n'avait eu qu'à jouer l'idiote, faire grossièrement semblant de découvrir la mort de sa mère, puis de nier y être pour quelque chose, avant de raconter son calvaire, les années d'enfermement et l'enlèvement par Garth. Les recherches de Rose sur Google avaient permis d'identifier un avocat en mal de notoriété qui sentirait le potentiel de cette histoire et l'argent que tout cela pourrait lui rapporter. Nul besoin de recruter un diplômé de Yale ou Harvard pour tirer les larmes à un jury gavé des échos de cette affaire et la faire acquitter. Elle n'avait pas redouté la vie en prison en attendant son procès. Ces dix-huit mois au calme lui avaient permis de reprendre des forces, de laisser pousser ses cheveux, et de faire de l'exercice pour retrouver une allure normale. Enfin seule. Elle avait continué à jouer la bécasse martyrisée avec sa voix de crécelle. Elle connaissait si bien son rôle.

À l'audience, Garth s'était effondré, comme prévu, incapable d'expliquer pourquoi il avait massacré Angela avant d'enlever Cindy. Sa bêtise avait été sublimée par les médicaments qui le sonnaient. Elle avait tu les détails sexuels les plus sordides, les nuits de masturbation devant la caméra pour ferrer Garth, la fellation dans les toilettes du cinéma, puis juste avant le meurtre, la baise dans le jacuzzi du rez-de-chaussée quelques minutes après, alors que le cadavre d'Angela n'était pas encore froid. Elle avait joué Cendrillon attendant son prince. Quand il l'avait raconté aux enquêteurs puis à l'audience, personne ne l'avait cru. Au tribunal elle avait guetté dans son regard une étincelle qui l'aurait fait sortir de cette léthargie pour échapper à la prison à perpétuité qui l'attendait. Elle avait prévu d'éclater en sanglots, de crier à la manipulation. Votre honneur, il m'a violée, oui il m'a violée alors que je lui avais demandé de m'aider. J'avais peur de lui, peur qu'il me tue, et il a fait de moi son esclave sexuelle. Elle avait répété dans sa prison un malaise vagal. Elle n'eut pas à jouer cette scène, tant Garth resta amorphe. Elle s'était contentée de s'évanouir lors de son propre interrogatoire. Cela avait été efficace pour étouffer les quelques incohérences de son récit dans les comptes rendus de l'audience.

Maître Benitez avait dépassé tous ses espoirs. Fat, sans scrupules, ce bonimenteur moulinait dans le prétoire. La victime qu'on doit plaindre. La jeune femme bridée. La mère sorcière. Les voisins silencieux. Elle était seule, cette pauvre jeune fille. Elle ne pouvait que croire cet homme qui proposait de la sauver, et lui aussi abuse d'elle, profite de sa faiblesse ! Mon Dieu, que reste-t-il mesdames et messieurs de notre humanité ? Cette femme a été enfermée toute sa vie, à vous maintenant de lui offrir la liberté, en affirmant, en toute conscience, du plus profond de votre âme, que cette femme est non seulement innocente, mais victime. Oui, j'ose le dire, victime de notre indifférence. Où sont les voisins ? Où sont les services sociaux ? Pourquoi les alertes répétées de Rose Groff ont-elles été balayées ? Où sont les médecins ? Pourquoi le Dr Vargas n'a-t-elle pas cherché à savoir ce que devenait cette fillette dont elle avait deviné le calvaire ? Elle n'a rien fait parce que personne n'a jamais rien fait pour Cindy. Personne. Personne ne l'a écoutée. Vous avez la possibilité, aujourd'hui, d'entendre pour la première fois le cri de douleur de cette femme ! Car oui, c'est une femme, ce n'est plus une petite fille, c'est une femme qui attend de pouvoir vivre une vie de femme comme les autres. Tomber amoureuse, avoir des enfants, construire une famille, recevoir pour la première fois dans sa vie un peu de bienveillance. Il ne tient qu'à vous de lui donner cette chance. Rien qu'à vous. Il en avait fait des tonnes dans le pathos sirupeux, mais cela avait marché. L'avocat s'était ensuite vanté dans la presse d'avoir aperçu une jurée sortir un mouchoir. La plaidoirie avait permis aux chaînes de réaliser une audience record pour un procès depuis O.J. Simpson. Des mèmes de Benitez avaient inondé TikTok. Avant de se lancer dans une phrase qu'il savait marquante, le cabotin avait repéré les angles de caméra pour bien se placer dans l'axe. Il avait bougé ses grands bras comme s'il était sur la scène d'un spectacle de fin d'année. Son costume avait été taillé sur mesure dans un tissu milanais. Il avait espéré que l'acteur qui interpréterait son personnage pourrait obtenir l'Oscar du meilleur second rôle.

Devant la cheminée, Cindy me raconta qu'elle avait préparé sa défense de son côté, tout en faisant semblant de suivre les conseils de Benitez. Elle avait écrit, avant nos entretiens et avant l'audience, des phrases accrocheuses qu'elle pourrait placer, en ralentissant la voix, pour laisser l'émotion s'installer. Elle les avait ciselées et répétées devant un miroir. Un silence avant, un silence après, pour qu'elles soient facilement découpables au montage. Quinze secondes maximum, pour qu'elles puissent être reprises sur TikTok ou dans les sujets des journaux télévisés. Elle avait conçu ces extraits sonores comme des slogans publicitaires ou des formules politiques.

Elle aurait pu dénoncer Angela. Elle n'aurait eu qu'à appeler le numéro d'urgence de la police. Les examens médicaux et quelques témoignages auraient suffi à l'accabler. L'idée que sa mère échappe à un procès grâce à un avocat qui n'aurait qu'à plaider la maladie mentale et l'irresponsabilité, qu'elle s'en sorte sans payer, sans souffrir, cette perspective l'avait écœurée. Il fallait qu'elle morfle. Elle voulait l'accrocher comme une piñata à un chêne et la frapper avec une batte de base-ball.

Le plus simple aurait été de l'empoisonner. Elle aurait récupéré de la mort-aux-rats dans le garage, l'aurait mise dans sa glace à la vanille en rajoutant une triple dose de coulis au chocolat pour masquer le goût. Que se serait-il passé ? Cindy aurait appelé les secours le lendemain matin, l'autopsie aurait détecté les produits chimiques, sa petite comédie se serait effilochée. Elle aurait eu du mal à jouer les victimes avec un cadavre sur le dos.

Cindy imagina de mettre en scène un suicide. Elle avait tenté quelques cocktails dangereux en mélangeant à la glace du soir de sa mère des opiacés, des antidépresseurs qui auraient pu faire boum avec les verres de chardonnay australien devant la télé. Le corps obèse d'Angela avait encaissé le coup.

C'est ainsi que s'était esquissée dans son esprit cette histoire d'exécution programmée. Il lui fallait un tueur à gages qui accepterait de travailler gratuitement. Pendant plusieurs mois, elle avait hameçonné sur TikTok quelques dizaines de garçons adeptes des jeux de rôle. Elle avait appris à distinguer les plus enfermés dans leur monde. Elle avait repéré Garth, parce qu'il était le plus fragile d'entre eux. Ses cheveux masquaient son regard. Il ne voulait pas les couper. Il pensait que cela lui donnait un air mystérieux. Sa peau abîmée était encore celle d'un adolescent. Il se traînait comme un vieux chien malade. Cindy avait remarqué qu'il ne parlait qu'en phrases courtes, et ne prenait jamais lui-même la parole. Il ne faisait que répondre à ses sollicitations par des onomatopées. Il n'était sorti de sa bulle que lorsqu'elle lui avait proposé de jouer à Batman, à Superman ou Hulk. Elle s'était pliée à ses désirs, avait exagéré les complaintes de la recluse éplorée. Elle avait pris l'habitude de se dénuder devant lui. Elle s'était souvent et longuement caressée devant lui. Elle connaissait les mises en scène qui le faisaient bander.

Elle avait prétendu être une femme suspendue au dernier étage d'un gratte-ciel ou au fond d'une cale qu'il fallait venir secourir. Elle était enfermée par le Joker qui allait la violer. Elle était tantôt Raiponce, Cendrillon, Mulan, Jasmine ou Ariel la Petite Sirène qu'il fallait libérer. Elle avait singé l'orgasme bidon des films porno comme les actrices de Pornhub qu'elle était allée consulter. Elle s'était cambrée comme elles. Sur l'écran vertical de son téléphone, elle avait mimé le plaisir intense. Cette comédie n'avait jamais duré bien longtemps. Garth finissait assez vite dans un petit sursaut guttural pathétique. Comme il hésitait à venir la libérer, elle en avait rajouté sur les tortures de sa mère. Elle avait inventé des scènes de martinet et une chaîne rouillée à laquelle elle était accrochée dans le garage quand elle se rebellait. Elle avait fabulé sur des viols que lui aurait fait subir sa mère en faisant payer des voisins de Sunset, Ellington, Graham, Kilmeade, Laskos, Welch, Varney et les autres. Aide-moi, Garth, il n'y a que toi pour me sauver.

Tout s'était déroulé comme elle l'avait imaginé. Un nigaud charmé dont elle avait fait ce qu'elle voulait, l'émotion virale, la fuite sans issue, le manuel de la victime imbécile en douze chapitres, l'avocat à la recherche de son moment warholien, le pseudo-journaliste qui recueillerait ses confidences, les goberait, et répandrait avant le procès un narratif, comme disent les experts en relations publiques. Un narratif. L'histoire qu'elle avait imaginée. Elle avait été un parfait objet de fascination morbide dans la guerre de l'attention. Ses espoirs de monnayer son histoire avaient été dépassés.

Elle badinait. Elle me servit le reste de la bouteille de champagne dans mon verre à whisky. Elle savait ce qu'elle faisait. Je ne pourrais faire état de cette conversation sans détruire ma réputation, révéler aux yeux de tous que je n'étais qu'un escroc malgré moi, un reporter médiocre emberlificoté par son sujet, complice de ses mensonges sans l'avoir suspecté.

À moins que ce récit d'un soir de cuite n'ait été qu'une affabulation de plus.

Elle s'esclaffa de toutes ses nouvelles dents. Elle me rappela qu'elle m'avait prévenu, dès notre premier échange. La vérité, ça n'existe pas, c'est un conte. Il y a ce qui s'est passé, et il y a ce qui est raconté.

Cet ouvrage a été achevé d'imprimer sur Roto-Page
par l'Imprimerie Floch à Mayenne
pour le compte des éditions Grasset
en mars 2024.

Composition réalisée par Belle Page

PAPIER À BASE DE FIBRES CERTIFIÉES

Grasset s'engage pour l'environnement en réduisant l'empreinte carbone de ses livres. Celle de cet exemplaire est de :
400 g éq. CO_2
Rendez-vous sur www.grasset-durable.fr

N° d'édition : 23151 – N° d'impression : 104423
Dépôt légal : avril 2024
Imprimé en France